1781

Didier van Cauwelaert

DAS FINDELKIND

Roman

Aus dem Französischen von
Veronika Cordes

Hoffmann und Campe

Die Originalausgabe erschien 1994
unter dem Titel *Un aller simple* beim Verlag
Albin Michel, Paris

Die Deutsche Bibliothek – CIP-Einheitsaufnahme

VanCauwelaert, Didier:
Das Findelkind: Roman / Didier VanCauwelaert.
Aus dem Franz. von Veronika Cordes.
– 1. Aufl. – Hamburg: Hoffmann und Campe, 1996
Einheitssacht.: Un aller simple ‹dt.›
ISBN 3-455-00845-3

Lektorat: Tania Schlie
Schutzumschlag: Kai Eichenauer
Satz: Dörlemann Satz, Lemförde
Druck und Bindung: Ebner Ulm
Printed in Germany

Ich habe meine Laufbahn als Findelkind wider Willen begonnen. Als Zugabe zum gestohlenen Auto, um genau zu sein. Man hatte mich am Fußgängerüberweg geparkt, und wann immer ich in den folgenden Jahren meinen Teller nicht leer aß, sagte Mamita, der Abschleppdienst würde kommen und mich holen. Dann aß ich derart hastig, daß ich mich anschließend übergeben mußte, was auch wiederum sein Gutes hatte; es bewahrte mich davor, Fett anzusetzen. Ich war und blieb ein für allemal der Adoptierte.

Den Tsiganes ist das Kind heilig. Aus Prestigegründen soll es so pummelig wie möglich sein; von der Geburt bis zu vier Jahren ist es ein König – danach kommt es allein zurecht. Ich bin zurechtgekommen, ohne König gewesen zu sein: Ich stürzte aus geringerer Höhe ab, ich fiel nicht auf, ich hielt den Mund, ich war der Magerste. Wenn es einem gelingt, nicht beachtet zu werden, schafft man das.

Häufig kam nachts der Kranwagen des Abschleppdienstes und brachte mein nicht vorschriftsmäßig geparktes Auto zum Schrottplatz, und ich wurde unter dem

Blech zermahlen. Zum Glück gab es im Wohnwagen von Mamita immer einen plärrenden König; der unterbrach den Traum in dem Augenblick, da ich noch lebte, und ich konnte wieder einschlafen. Ich wußte, daß ich in Sicherheit war, mollig warm zwischen diesen dicken Kindern mit ihren Ketten und Medaillons, die im Dunkeln klimperten. Ich war um so dankbarer, als mein Schicksal, wie man mir ständig vorhielt, mit einer einzigen Stimme im Ältestenrat entschieden worden war, nämlich der des alten Wasil, dem Rom, der mich hatte mitgehen lassen, ohne mich, der ich in meinem Tragekorb auf der Rückbank inmitten von Weihnachtseinkäufen schlief, zu bemerken. Bei den Manouches, die mich zurückbringen wollten, hatte er sein ganzes Gewicht in die Debatte geworfen. Da sich im Handschuhfach keine Papiere gefunden hatten, glaubte er, ich sei ein Fingerzeig des Himmels. Man hat ihm nicht widersprochen, weil er damals schon sehr alt war, und nach unseren Bräuchen bringt man einem vertrottelten Greis Respekt entgegen.

Das Auto war ein Citroën Ami 6, deshalb hat man mich Ami Six genannt. Da komme ich also her. Im Laufe der Zeit hat sich mein Name zu Aziz abgeschliffen, der Einfachheit halber. Mamita, die in Rumänien geboren und dort von den Nazis sterilisiert wurde, hielt das Kürzel von Anfang an für eine dumme Idee, weil ich als Kleinkind typisch französisch aussah und ihrer Ansicht nach Namen abfärben. Mir ist das egal. Ich bin gern Araber, weil wir so viele sind und man mich in Ruhe läßt.

Seit ich mich mit Autoradios befasse und für den Fall einer Verhaftung falsche Papiere brauchte, besitze ich sogar einen Familiennamen: Kemal. Woher der stammt, weiß ich nicht. Vielleicht war K gerade an der Reihe.

Hin und wieder dachte ich an meine leiblichen Eltern, die, wie wohl angenommen werden darf, Anzeige erstattet und auf eine Lösegeldforderung gewartet und die Hoffnung nicht aufgegeben haben, solange man meine Leiche nicht gefunden hatte. Eines Tages, nahm ich mir vor, würde ich eine kleine Annonce in den *Provençal* setzen: »Kind, zu Weihnachten aus einem Ami 6 gestohlen, sucht seine Eltern. Zuschriften an Aziz Kemal, blauer Estafette Kombi gegenüber Volkswagen-Pizza-Stand *Chez Moi*, Vallon-Fleuri, Marseille-Nord.« Nur daß ich das immer wieder auf später verschob. Wenn man es geschafft hat, in einer Familie mehr oder weniger akzeptiert zu sein, ist man nicht unbedingt scharf darauf, sein Schicksal ein zweites Mal aufs Spiel zu setzen. Lieber verharrte ich im Ungewissen und bewahrte mir den Traum. Ohne zu wissen, woher ich kam, war ich froh dazusein.

Oft malte ich mir aus, ich wäre der Sohn eines Stürmers von Olympique Marseille, dem die Reparaturwerkstatt für die Zeit, in der sein Mercedes überholt wurde, einen Ami 6 zur Verfügung gestellt hatte. Ein andermal war ich der Erbe der Kernseifenfabrik. Oder der Jüngste einer zwölfköpfigen Hafenarbeiterfamilie, die sich mit der Arbeitslosenunterstützung ihres Ernährers durchschlagen muß. An Regentagen redete ich mir ein, man habe für mich einfach ein anderes Kind in die Welt gesetzt.

Und dann, mit achtzehn Jahren, sind sie mit der Wahrheit herausgerückt. Einer anderen Wahrheit – ob grausamer oder erträglicher, kann ich nicht beurteilen: Der alte Wasil hatte meinen Ami 6 gar nicht geklaut. Er hatte ihn mit seinem fahrbaren Pizzastand gerammt, bei dem Versuch, ihn regelwidrig in der Kurve von Frioune zu überholen. Beide Eltern auf der Stelle tot. Er hatte mich aus dem Wrack gezogen, bevor es explodierte, und, na ja, alles weitere kannte ich bereits. Wasil war nie darüber hinweggekommen; weder hatte er sich jemals wieder ans Steuer gesetzt noch seinen Ofen angeworfen; deshalb hatte ich seinen VW Kombi immer nur aufgebockt erlebt, von Efeu überwuchert und mit einer Muttergottes im Pizza-Ofen.

Anfangs war ich zutiefst gerührt, daß alle in der Siedlung mir die ganze Zeit über etwas vorgemacht hatten, um mir den Kummer zu ersparen – aber auch ein wenig gekränkt. In meinem schönsten T-Shirt bin ich zu Wasil gegangen und habe ihm in aller Form dafür gedankt, daß er mir das Leben gerettet hat. Worauf er einen völlig verschrumpelten Finger aus seinem Umhang gestreckt und mit Grabesstimme, den Blick ins Leere gerichtet, verkündet hat:

»Gezeugt, nicht geschaffen, eines Wesens mit dem Vater, durch Ihn ist alles geschaffen.«

Das mußte ein Rätsel sein, und ich wußte nicht, was ich

darauf antworten sollte. Aber er war inzwischen derart verkalkt, daß man ihn nur noch zu den Feiertagen hinausbrachte, und vielleicht gab es auch gar keine Antwort.

Natürlich habe ich um meine Eltern getrauert. Auch wenn es schwerfällt, jemanden, den man nicht kennt, zu beweinen. Ich habe mich schließlich damit getröstet, daß ihnen jedenfalls erspart geblieben war, sich meinetwegen Sorgen zu machen. Was mir in den darauffolgenden Monaten komischerweise vor allem gefehlt hat, war die kleine Annonce, die ich in Gedanken so oft vor dem Einschlafen für sie verfaßt hatte und die ich jedesmal weiter ausgeschmückt, verschönert, besser formuliert hatte. Das kleine Inserat, das ich immer im Herzen tragen wollte, um es eines Tages aufzugeben, für den Fall, daß. Ab sofort ergab es keinen Sinn mehr. Ich war, kurz gesagt, Waise.

Aber was soll's, das Leben ging weiter. Ich war also in Marseille, notgedrungen als Marokkaner, mit gebührenpflichtiger Aufenthaltsgenehmigung, zahlbar jeweils bei Verlängerung. Wenn schon falsche Papiere, hätte man mir meiner Meinung nach gleich die französische Staatsbürgerschaft verpassen können, aber, ehrlich gesagt, war mir der Preis dafür zu hoch gewesen. Ich habe nun mal meine Prinzipien. Das Geld, das ich mit meinen Autoradios verdiene, liefere ich in der Siedlung ab. Es ist dazu da, meine Kindheit abzubezahlen, und nicht, um die Fälscher aus dem Panier zu mästen. Außerdem kann man sich nicht einfach eine Rasse erkaufen; das ist wie die Farbe der Augen oder das Wetter, eben alles, womit man es zu tun bekommt, ohne gefragt zu werden. Und wenn die Leute ein falsches Dokument brauchen, um festzustellen, daß ich Franzose bin, dann bleibe ich lieber Araber. Ich habe auch meinen Stolz.

Der einzige Ort, an dem es allerdings für mich problematisch wird, ist das Fußballfeld. Unweigerlich überfällt mich dort das Gefühl, in einer Zwickmühle zu stecken. Wenn ich bei den Roms aus Vallon-Fleuri gegen die Beurs* aus Rocher-Mirabeau spiele, komme ich mir wie ein Verräter vor. Daß ich Verrat begehe und mich gleichzeitig aufdränge: Ich weiß sehr wohl, daß mich die Tsiganes nicht als einen der Ihren betrachten. Ein Gadjo, ein Nichtzigeuner, kann zwar ein guter Mittelstürmer sein, bleibt aber weiterhin ein Gadjo, selbst wenn er ein Tor gegen seine Rasse schießt. Das ist der Grund, weshalb ich schließlich Schiedsrichter geworden bin.

Bei den handgreiflichen Auseinandersetzungen der einzelnen Siedlungen untereinander ist es einfacher: Instinktiv schlage ich mich stets auf die Seite meiner Adoptivfamilie, auch wenn ich denen von Rocher-Mirabeau nur ungern ans Leder gehe. Normalerweise erkennt man den Blutsbruder, wenn sein Blut fließt. Deshalb drücke ich mich meistens vor Schlägereien, auch wenn man mich deshalb für einen Feigling hält. Das kratzt mich aber

* In Frankreich geborenes Kind arabischer Einwanderer. (A.d.Ü.)

nicht, solange das Mädchen, das ich liebe, sich nicht vor den anderen für mich schämt – wir ziehen uns bei solchen Gelegenheiten diskret zurück. Und das ist das beste.

Lila ist neunzehn, wie ich. Wir kennen uns von Kindesbeinen an, nur müssen wir jetzt vorsichtig sein, wegen meiner Herkunft. Ihre Brüder haben ihr einen Manouche wie sie selbst zugedacht, einen waschechten aus Saintes Marie, Rajko, einen Mercedes-Spezialisten. Wenn Lila und ich uns in der Siedlung begegnen, beschränken wir uns neuerdings auf ein Guten Tag, Guten Abend, ohne uns in die Augen zu schauen. Dafür nimmt sie einmal in der Woche die Micheline, den Triebwagen, ich schnappe mir einen Motorroller, und wir treffen uns in der Felsenbucht von Niolon, dem schönsten Fleckchen auf der Welt – bis dato, ich bin ja noch nie aus Bouches-du-Rhône herausgekommen.

Wie ihre Mutter liest Lila aus den Handflächen das Leben von anderen heraus. Alles, was sie mir über mich gesagt hat, ist, daß es mit mir bald aus ist, aber auch, daß mir eine Reise ins Ungewisse bevorsteht. Sie hat schwarzes Haar, feurige Augen, duftet wie die Linden im Juni und trägt knöchellange rote oder blaue Röcke, die hoch aufwirbeln, wenn sie tanzt – aber genug davon, angesichts der weiteren Ereignisse tut die Erinnerung zu sehr weh.

Hunderte Male hat sie mir von dem Land erzählt, aus dem sie kommt und das sie nie gesehen hat – Indien; sie hat mir von den Ritualen berichtet, den heiligen Kühen, den blumenbekränzten Scheiterhaufen, auf die man die Witwe bettet, wenn der verstorbene Gatte Ansehen genoß – ich hörte nicht richtig zu. Ich höre überhaupt selten zu, ausgenommen in der Schule, und die besuche ich nicht mehr. Aber von dem Tag an, da wir miteinander schliefen – mit Rücksicht auf die Ehe, *ihre* Ehe, war ich angezogen, und sie wandte mir ihren Hintern zu –, war das alles bedeutungslos geworden. Wir waren frei und ganz allein auf der Welt, und ich fühlte mich endlich zu Hause. Sie hatte mir in ihrer Sprache »ich liebe dich« gesagt; ich selbst habe keine Sprache außer der, die ich spreche – keine eigene, meine ich, keine geheime –, deshalb habe ich nicht geantwortet, dafür jubelte mein Herz. Nach ihrer Hochzeit, so dachte ich, brauchten wir nicht länger Rücksicht zu nehmen und könnten uns von Angesicht zu Angesicht lieben.

Am Abend, beim geselligen Beisammensein, gedenkt jeder seiner Herkunft, seiner Traditionen, der Länder, in dem seine Wurzeln liegen, hadert mit dem rostfreien Stahl, der den Ruhm der Kalderasch zunichte gemacht hat, die alle Verzinner und Kupferschmiede vom Vater auf den Sohn waren, zählt zwischen zwei Gitarrenakkorden und drei Soli auf der Harmonika die Verfolgungen auf, die Pogrome und die Verordnungen der Gemeinde, die ihn, Wanderer im Geiste, dessen Wohnwagen auf Ziegel gebockt ist, in Vallon-Fleuri, Bouches-du-Rhône, haben stranden lassen. Ich sitze da und schweige, nicke respektvoll; meine Gedanken sind woanders. Es gefällt mir nicht, wo die anderen herkommen. Abgesehen von dem Ami 6 möchte ich nirgendwoher stammen und keine Geschichte haben, auch wenn es schmerzt, Einzelgänger zu sein.

So richtig glücklich war ich, als ich noch zur Schule ging. Glück bedeutete für mich, lernen zu dürfen. Mit den Wörtern und Zahlen dachte ich mir nur für mich eine andere Familie aus, die ich nach Lust und Laune umstellen, addieren, konjugieren, subtrahieren konnte, und alle verstanden mich. Wenn ich vorn an der Tafel die Schlachten und die Flüsse aufsagte, hörte man mir zu, als wäre dies meine ureigene Geschichte. Die Millionen Toten, die Überschwemmungen und der Haß der Menschen verwandelten sich in gute Noten. Die schönste Belohnung für mich war, etwas über die Struktur und das Klima eines Landes zu erfahren, nicht nur, weil das etwas Neues war, sondern einfach weil es ein solches Land gab. Dabei war das nur ein Anfang: So vieles gab es noch zu lernen, genug für mein ganzes Leben.

Mitten in der sechsten Klasse jedoch mußte ich die Schule verlassen, weil Vallon-Fleuri nichts von nutzlos durchzufütternden Mäulern hält. Bei uns liegt man mit fünf auf der Lauer und schaut zu, wie die anderen es machen, mit sieben klaut man die ersten Handtaschen, mit elf wird man »Lerche« und steht Schmiere – und hört mit der Schule auf. So ist das nun mal.

Monsieur Giraudy, mein Erdkundelehrer, hat gesagt, es täte ihm leid, daß ich aufhöre. Außerhalb des Unterrichts hatten wir nicht oft miteinander gesprochen, und solche Bemerkungen machen mich immer verlegen, weil ich nie so richtig ihren Sinn mitbekomm. Ich fühle mich dann wie ein Fisch, der an der Angel zappelt; unvergleichlich schöner ist es, ihm zuzusehen, wie er sich im Wasser tummelt. Monsieur Giraudy hat zu mir gesagt, das Leben sei ungerecht, und mit seinen fünfzig Jahren mußte er es schließlich wissen. Anderswo, in anderen Vierteln von Marseille, so seine Worte, gebe es normale Schulen ohne verschmierte Wände und Drogen und Gewalttätigkeiten und Scherben, und ich hätte Besseres verdient, weil mir das Lernen doch Freude mache. Das hat ihn wohl unendlich bekümmert, ich hatte noch nie jemanden erlebt, der derart traurig war, und ich sagte mir, daß es vielleicht ganz gut war, mit der Schule aufzuhören, wenn sie einen derart traurig macht.

Er hat mir Glück gewünscht und mir ein unglaubliches Buch geschenkt, einen Atlas von drei Kilo mit dem Titel *Legenden aus aller Welt*. Um nicht loszuheulen, habe ich geschwiegen, weil man mir eingebläut hatte: »Araber sein heißt stolz sein«, und gedacht: »Möge der Prophet dich auf all deinen Wegen begleiten.« Mit Religion hatte das nichts zu tun, es war etwas, das ich irgendwo aufgeschnappt hatte und dem ich von Herzen zustimmte.

Das erste Autoradio, das ich geklaut habe, ein Grundig, habe ich ihm noch am selben Tag per Post als Dankeschön geschickt, mit einem Zettel: »Von Aziz, 6 B, weil Sie so nett sind.« Und mir vorgenommen, später, wenn ich alt genug zum Autofahren wäre, für ihn das dazugehörige Auto zu stehlen, weil Monsieur Giraudy immer den Bus benutzte. Ich habe das dann aber vergessen, und dann war keine Zeit mehr, wegen der Ereignisse, die über mich hereingebrochen sind.

Am Feuer hockend, in abendlicher Runde, während die anderen von Rumänien und der Türkei und von Nordindien erzählten, den Ländern eben, aus denen man sie verjagt hatte, lernte ich die Legenden aus aller Welt auswendig, besonders die aus Arabien, weil mir die am besten gefielen. Da man sich nicht einigen konnte, aus welchem Land ich stammte, war es für mich naheliegender, mich mit Träumen von fremden Ländern zu befassen statt mit den alltäglichen Begebenheiten, wie man sie auf den Seiten des *Provençal* fand, in die ich meine Autoradios für den Verkauf einpackte.

Zwischendurch, aus dem Augenwinkel und über das Sperrholzsteigen verschlingende Feuer hinweg, beobachtete ich Lila, die es vermied, mich anzusehen. Sie saß neben Rajko, ihrem Zukünftigen, dem Mercedes-Spezialisten, der den Bericht von den Verfolgungen mit Gitarrenmusik vertiefte. Ich vertiefte meinen Kummer dadurch, daß ich mir die Geschichte der Liebenden von Imilchil vorsagte, in der sich ein Ait Brahim rettungslos in eine Ait Yazza von einem feindlichen Stamm verliebt. Aus den Tränen der beiden entsprangen der Isli-See, der Bräutigamsee, und der Tislit-See, der Brautsee. Auf

Seite 143 in meinem Atlas ist nachzulesen, daß ihre jeweiligen Familien sie voneinander getrennt ertränkten, um der unstandesgemäßen Verbindung einen Riegel vorzuschieben.

Eines Nachmittags im Juli, auf den Klippen der Bucht, nachdem wir uns geliebt hatten, habe ich Lila die Geschichte von Ait Brahim zärtlich ins Ohr geflüstert. Sie hat geglaubt, ich spreche von einem Burschen aus der Siedlung der Beurs, und ist nach Seeigeln getaucht.

Wenn ich mich in den französischen Teil von Marseille begebe, um die neuen Autoradios unter die Lupe zu nehmen und mich über die Preise zu informieren, begegnen mir zwangsläufig Gruppen anderer Jugendlicher, und dann überkommt mich schon mal der Wunsch, einer von ihnen zu sein. Aber das vergeht wieder. Die Warmherzigkeit, die mir in Vallon-Fleuri ein wenig fehlt, wird durch die Kumpanei wettgemacht, wenn es zur Sache geht. In dieser Beziehung bin ich wirklich Teil des Clans: Ich habe ein gewinnendes Lächeln, eine geschickte Hand, und ich kann schnell laufen.

Worauf wir uns besonders gut verstehen, ist der Überfall auf italienisch, den die Italiener Überfall nach Art der Zigeuner nennen, aber das darf man nicht so ernst nehmen, sie sind schließlich in der Minderheit. Wir treten gruppenweise auf, stechen einem Autofahrer an der Ampel einen Reifen an, helfen ihm dann beim Reifenwechsel und hauen mit dem Auto ab. Die Polizei warnt übrigens diejenigen, die unbedingt durch unsere Viertel müssen, davor, an den Ampeln anzuhalten. Nett gemeint, nur daß wir die, die nicht anhalten, rammen. Wenn sie dann zur gütlichen Schadensregelung aussteigen, schlagen wir sie zusammen. Diese Variante nennen wir Überfall auf belgische Art. Das Auto wird anschließend in die Siedlung gebracht und von den einzelnen Teams zerlegt: Wir haben Teams für die Motorteile, für die Reifen, für die Elektrik, für Zubehör, für Autoradios – das mache ich. Vorzugsweise haben wir es auf Mercedes abgesehen, und um sich das Leben nicht mit Lagerhaltung zu komplizieren, arbeitet zum Beispiel einer wie Rajko nur auf Bestellung. Man sagt zu ihm: »Rajko, ich brauche eine Zylinderkopfdichtung für den 500 SL«, und tags darauf hat man sie.

Wenn nur noch das Gerippe übrig ist, schleppt man es auf die Zufahrtsstraße am Ausgang der Siedlung, damit es die Sperrmüllabfuhr mitnimmt, weil sonst die Wracks überhand nehmen. Bei uns liegt nichts herum. Vallon-Fleuri ist unser Stolz, sogar Blumen haben wir gepflanzt, um dem Namen gerecht zu werden – Mamita hatte schon recht, der Name färbt mit der Zeit ab.

Was in diesem Zusammenhang Aziz Kemal betrifft, so durchlief ich mit etwa fünfzehn Jahren meine muselmanische Periode. Die ich allerdings sehr rasch beendet habe: Ich liebte Lilas Mund viel zu sehr, um zuzulassen, daß er hinter einem Schleier verschwindet. Ich habe Said seinen Koran zurückgegeben, dem Torwart aus der Siedlung der Ducs, einem Sportsmann durch und durch, der seit einem Jahr mit seinem Baseballschläger erfolgreich den Dealern den Zutritt zu seiner Wohnanlage verwehrte, und bin weiterhin Anhänger von Olympique Marseille geblieben.

Das Leben in Vallon-Fleuri ist ruhig, zu Razzien kommt es selten. Dazu muß man wissen, daß ein Polizist, so er denn auf die Idee verfallen sollte, die Bewohner in den nördlichen Siedlungen auf ihre Papiere hin zu überprüfen, erst einmal unverzüglich an die Grenze versetzt würde und daß ihm der Präfekt eine Standpauke halten würde, weil der von ihm, dem Präfekten, ergriffenen Maßnahme zur Senkung der Kriminalitätsrate die Entscheidung zugrunde liegt, daß es uns gar nicht gibt. Marseille-Nord ist offiziell Wüste geworden. Auf den Stadtplänen sind unsere Siedlungen nicht länger ausgewiesen; geblieben sind an die dreißig Polizeibeamte für zweihunderttausend Nichtexistierende, und mit einemmal versteift man sich darauf, sie wie eine vom Aussterben bedrohte Gattung zu beschützen.

Ohne überheblich zu sein, halte ich den Präfekten auf seine Art für ganz schön gerissen: Wenn wir einen Polizisten zusammenschlagen, wissen wir genau, daß dessen Anzeige höheren Orts niemals ein Gerichtsverfahren nach sich zieht – wegen der Statistiken. Deshalb haben wir Mitleid mit ihm, und anstatt ihn außer Gefecht zu setzen, üben wir uns in Selbstdisziplin. Da uns ebenfalls bekannt ist, daß die Polizeistreife unserer Sektion in zwei

Abteilungen von jeweils fünf Autos die Runde macht, die eine von zwölf Uhr mittags bis neunzehn Uhr, die andere von neunzehn Uhr bis vier Uhr morgens, haben wir unsere Arbeitszeit auf zwischen vier Uhr und Mittag, also wenn sie schlafen, verschoben, und alle sind's zufrieden. Um sich für unser Zartgefühl erkenntlich zu zeigen, hat man uns übrigens einen eigenen Supermarkt für unsere speziellen Geschmäcker eingerichtet, in dem wir uns mit unseren Einkaufswagen kostenlos zu bedienen pflegen, was uns davon abhält, bei Leclerc und Casino einzubrechen, beide der älteren Generation des Landes vorbehalten, die mangels anderer Möglichkeiten ihre Waren an der Kasse bezahlen muß. Wir achten sie, diese braven Alten. Allein schon weil sie mehr oder weniger alle seit zig Jahren eine Eigentumswohnung besitzen, die durch die Nachbarschaft mit uns drei Viertel ihres Wertes verloren hat.

Nein, im großen Ganzen läuft es in Marseille-Nord durchaus gut. Sogar Gastspiele aus Paris werden bei uns gegeben: Studienkommissionen unterbreiten Lösungen zur Verbesserung unserer Lebensqualität. Und in Sachen Sonneneinstrahlung hat man letztes Jahr in Vallon-Fleuri fürwahr etwas bewirkt, indem man die alten Türme der angrenzenden Siedlung abrasiert hat, so als ob Kriminalität von zu vielen Stockwerken herrührt. In diesem Punkt wollen sie kein Risiko eingehen: Der Zigeuner, selbst wenn er adoptiert ist wie ich, erträgt die Höhe nicht. Wir können nicht in einem Turm leben. Ebensowenig wie in einer Mietskaserne – das ist wie ein Turm, nur im Längsformat, und im Hinblick auf die Kriminalität wohl ebenso verwerflich; sobald in einer Mietskaserne eine Wohnung frei wird, wird sie nicht etwa weiter vermietet, sondern das Amt für Sozialen Wohnungsbau läßt sie zumauern. Wahrscheinlich ist das billiger als eine Renovierung.

Der Tag, an dem die Kommission in Vallon-Fleuri auftauchte, ist sehr gut verlaufen. Wir waren liebenswürdig, haben die Leute zum Pastis eingeladen, um ihnen über den Schock hinwegzuhelfen. Sie kamen nämlich von den Komorern aus Basse-Robière, wo ihnen durchs Fenster ein Eisschrank entgegengeflogen war. Ein bißchen Musik, Zigeunerjazz, Flamenco, Gipsy Kings, und schon haben sich ihre Nerven beruhigt. Die Kommission hat uns für den Empfang gedankt und die Körbe mitgenommen, die die Kinder vorzeigten, in der Annahme, es wären Geschenke. In der anschließenden Nachrichtensendung haben sie dann erklärt, die »Bohemiens« fühlten sich in ihren Wohnwagen als Außenseiter und daß all ihre Schwierigkeiten von dort herrührten. So kommt es, wenn man keine Ahnung hat. An die Stelle des verfallenen Weilers, den wir als Autowerkstatt benutzten, haben sie uns in Zusammenarbeit mit der Firma Bouygues Häuser gebaut.

Wir waren höchst zufrieden. Haben sie werkeln lassen, ohne Zement von der Baustelle zu entwenden; er war doch für uns bestimmt, und uns lag daran, daß die Bauarbeiten rasch durchgezogen wurden. Nach den letzten

Feinarbeiten sind sie erneut angetanzt, zusammen mit dem Präfekten, dem Fernsehen und dem Verantwortlichen der Firma Bouygues, um uns offiziell die Schlüssel zu überreichen. Dabei gab es bereits keine Schlösser mehr. Genausowenig wie Türen und weder Fenster noch Spülbecken, noch Klos. Wir hatten alles abmontiert und einzeln verscherbelt. Die verbliebenen Kacheln hoben wir uns für den Winter auf, wegen der dann höheren Preise. Der Mann von Bouygues setzte eine Leichenbittermiene auf und schickte das Fernsehen weg, der Präfekt stand hilflos in der Gegend herum. Wir dagegen freuten uns, unglaublich sogar, über die Einfamilienhäuschen: ein wunderhübscher Anblick durch das Fenster der Wohnwagen. Sie schafften ein Umfeld, sagten wir, um ihnen zu schmeicheln. Wir haben ihnen nochmals unsere Glückwünsche ausgesprochen, und, bitte sehr, das Buffet ist eröffnet.

Sie haben nichts von dem Spitzenwein getrunken, den wir, zusammen mit Erzeugnissen aus ihrer Heimat, für sie bereitgestellt hatten, eigens geklaut aus den Beständen von Fauchon in Marignane. Nachdem sie abgezogen waren, standen wir völlig belämmert vor unseren Bergen von gelierten Eiern und mit Lachs belegten Quiches. Wir haben uns zum Essen gezwungen, waren aber enttäuscht.

Pignol ist gekommen, damit wir die Anzeige unterschreiben, schließlich waren wir die Geschädigten. Er hat uns geholfen, das Buffet zu vertilgen.

Pignol ist mein Freund, von Kindheit an. Wir kennen

uns aus der Schule, die er jedoch länger besucht hat als ich, was er gelegentlich bedauert, wenn er mein Leben mit seinem vergleicht. Ursprünglich wollte er Eisenbahner werden, ist aber durch die Eignungsprüfung gerasselt und daraufhin in die Fußstapfen seines Vaters getreten. Es gibt Augenblicke, in denen man froh und dankbar ist, Waise zu sein. Um so mehr, weil die Polizeischule zwischen zwei randaleträchtige Siedlungen verlegt wurde, um den Schülern nicht das Gefühl zu geben, von der Bevölkerung abgeschnitten zu sein. In dieser Hinsicht ein voller Erfolg: Der Unterricht findet hinter Gittern statt, sie sind belagert, werden bombardiert mit Steinen und Bierflaschen; sie dürfen nicht auf eigene Faust ihren Bunker verlassen, und abends werden sie mit der Grünen Minna zu ihrem Schlafsaal gekarrt – alles unter dem Motto »auf der richtigen Seite des Gesetzes stehen«. Ihr Schlafsaal befindet sich in Jean-Jaurès, einer weiteren aufmüpfigen Siedlung, und dort werden sie die ganze Nacht über von einer Streife bewacht, die wirklich und wahrhaftig keine andere Aufgabe hat, als die Polizeilehrlinge vor ihren künftigen Opfern zu beschützen. Was bei ihnen ausgebildet wird, ist zwangsläufig Haß, und da sich der bei uns nicht austoben kann, hat das sinnlose Abberufungen in die Siedlungen um Lyon zur Folge, wo es weniger zivilisiert zugeht als hier.

Sonntags stattete ich Pignol in dem dafür vorgesehenen Sprechzimmer einen Besuch ab. Was für ein trauriger Anblick, ihn, das Rechtschreib-As, zwischen

Schießübungen und Kartenspielen verkümmern zu sehen! Seine Zukunft hinter den Gittern seiner Schule verhieß ihm keinerlei Entschädigung für seine verschleuderte Jugend, und für seinen Vater, einen der Ausbilder, war er ein Hohlkopf, eine taube Nuß, ein Lahmarsch. Ist leider nun mal so: Vielen älteren Polizisten, die früher in Marseille für Zucht und Ordnung sorgten, bleiben heutzutage zum Stillen ihrer Rachegelüste nur noch die eigenen jungen Rekruten.

Ich versuchte Pignol so gut es ging zu helfen. Während seines Praktikums bei der Nachtstreife habe ich ihn auf gefährliche Gegenden aufmerksam gemacht, die es zu meiden galt, und damit er sein Diplom bekommt, habe ich für ihn sogar die eine oder andere Festnahme auf frischer Tat organisiert. Eine Hand wäscht die andere: Früher habe ich beim Diktat von ihm abgeschrieben.

Eines Abends, als er sich niedergeschlagen mit Bier vollaufen ließ, habe ich ihm eine Geschichte aus meinem Atlas erzählt. Die aus Kuba, die von José Luis handelt, einem jungen Mann in unserem Alter, der sich nachts in einen Jaguar verwandelte, kraft Voodoo-Zauberei, die es einem ermöglicht, im Traum jede x-beliebige Gestalt anzunehmen. Dieser José Luis nun verwendete seine Nächte darauf, ein Jaguar-Weibchen zu umgarnen, das nichts von ihm wissen wollte. Darüber war er sehr unglücklich, und anstatt seinen Pflichten als Jaguar nachzukommen, auf die Jagd zu gehen und Futter für die Kleinen heranzuschaffen, gab er sich der Verzweiflung hin – selbst tagsüber schnitt er kein Zuckerrohr mehr, sondern schmachtete nur der Frau eines anderen hinterher –, so lange, bis es den Voodoo-Geistern schließlich zu bunt wurde. Und eines Morgens fand man José Luis auf seinem Bett, in seiner menschlichen Gestalt, in Stücke gerissen von dem Jaguar aus seinen Träumen.

Pignol hatte schulterzuckend gemeint, ich sei ein Utopist. Ich war enttäuscht, daß er den Sinn meiner Geschichte nicht begriff, der eindeutig genug war: Wenn man sich der Verzweiflung überläßt, wird man am Ende von den Träumen aufgefressen, mit denen man Schiffbruch erlitten hat.

Ich habe sogar das Wort »Utopist« im Lexikon der Leihbücherei nachgeschlagen. Ein gewisser Morus hat diesen Begriff im Jahr 1516 geprägt, abgeleitet aus griechischen Wörtern, die »was nirgendwo existiert« bedeuten. Gefällt mir.

Von diesem Tag an bis zu den Ereignissen, in die ich verwickelt wurde, habe ich niemandem mehr Geschichten erzählt. Ich behielt sie für mich, sie waren meine ureigene Wirklichkeit, zu der weder Lila noch Pignol Zugang fanden. Und allmählich, wie ich glaube, wurde das vom häufigen Lesen völlig abgegriffene alte rot-goldene Buch mit seinen vielen Eselsohren meine Heimat, das Land, aus dem ich stamme. Es gab da eine Geschichte, in die ich mich immer wieder vertiefte und die für Österreich stand: Ein Mann badet in einem Teich und schwimmt auf die Seerosen zu, um sie aus nächster Nähe zu bewundern. Er findet sie hinreißend schön und unendlich friedlich und so ganz anders als die Dorfbewohner, die, weil er Jude ist, mit Steinen nach ihm schmeißen. Er streckt die Hand aus, um eine der Seerosen zu liebkosen, und unter dieser zärtlichen Geste schnürt sich der Stengel, der sich um sein Bein geschlungen hat, zusammen und zieht den Mann auf den Grund des Teiches – wo er eine wundersame Welt entdeckt, mit Nixen und friedfertigen Algen, und wo er besser atmen kann als oben.

Wie gern hätte ich nachts die Seerose liebkost, nicht nur wegen der Dorfbewohner. Bei seßhaften Nomaden aufgewachsen, wünschte ich mir oft und brennend, fortzugehen, aber allein aufbrechen ist fast so wie bleiben. Lila würde erst mitkommen, wenn sie Witwe war, und Rajko hielt sich bisher sehr wacker.

Von Geschichte zu Geschichte, in meinem auf einem Betonsockel aufgebockten Kombi ohne Räder, verlor ich zusehends den Boden unter den Füßen, malte mir den Grund des Teiches aus, der ohne Zweifel auf mich wartete. Eines Tages, im zärtlichen Umgang mit den Worten, würden sie mich mit sich hinabziehen unter die Wasseroberfläche, und dann würde sich niemand mehr über das aufgeschlagene Buch beugen.

WIR WAREN ZWISCHEN DEN FISCHERbooten herumgeschwommen, in dem kleinen, von Hügeln eingebetteten Hafen, über dem das alte Bahnhofsgebäude mit seinen blauen Fensterläden, dem verwitterten Fries und dem windschiefen, von Schwalben umschwärmten Dach thronte. Wir hatten uns im Wasser geliebt, im Schatten des Felsens, der zum Sportzentrum gehört und von dem aus sich käsige Studenten unter Johlen und Gelächter, das unser eigenes übertönte, in die Fluten stürzten. Wir tranken in aller Ruhe auf der Terrasse von *Chez Francis* einen Absinth und genossen den Blick auf die in Abendsonne getauchte Felsenbucht, als Lila, das noch feuchte lange, dicke Haar zu einem Zopf flechtend, meinte:

»Das war's dann.«

In einem Ton, der mich hat aufhorchen lassen. Als stellte sie etwas fest, das nicht zu ändern war, so daß ich zunächst dachte, sie meint das Wetter: Graue Wolken ballten sich über dem Viadukt, und ein Regentropfen klatschte auf meinen Arm. Nächste Woche wird es schöner, habe ich gesagt. Worauf sie nur mit nein antwortete, noch ernster. Da ist mir ein Licht aufgegangen. Die letzte Wallfahrt zum Fest der Heiligen Marien hatte sie mit Rajko unternommen, und für beide war es nur noch eine Frage der Zeit, wann sie ihre Aussteuer beisammen haben würde. Ihre Brüder hatten nämlich einen dicken Fisch an der Angel, den Wiederverkauf von tausend im Dezember gestohlenen furnierten Türblättern an das Amt für Sozialen Wohnungsbau. Mir war hundeelend zumute, obwohl mir Rajko durchaus imponierte. Er war wirklich ein ausgefuchster Mechaniker, der mir beigebracht hatte, sämtliche Diebstahlsicherungen bei Autoradios zu knacken, sogar die Geräte mit abnehmbarem Bedienerteil und Geheimcode. Was den Verlobten betraf, hätte es Lila jedenfalls durchaus schlimmer treffen können. Ich wußte, daß sie ihm ihre Ehrenpforte geöffnet hatte, aber ich war nicht eifersüchtig. Hauptsache, ich konnte sie auch in Zukunft von hinten nehmen. Schließlich heißt Liebe nicht, daß man sich in die Augen schaut, sondern daß man miteinander in dieselbe Richtung blickt, wie es Saint-Exupéry einmal in einem Diktat, in dem ich lediglich drei Fehler hatte, formuliert hat.

»Verstehe«, habe ich erwidert. »Deine Brüder haben die Türen an den Mann gebracht.«

Sie hat die schönen nackten Schultern gezuckt, die ich vermutlich zum letztenmal über Wasser gehalten hatte, und gesagt:

»War zu erwarten.«

»Wir können uns aber doch weiterhin treffen«, habe ich mit einem Kloß im Hals gewürgt.

»Nein. Rajko weiß über uns Bescheid. Er will mich trotzdem heiraten, aber ich mußte schwören, daß es zwischen dir und mir aus ist, daß es dich nicht mehr gibt.«

Na dann, habe ich gesagt und sie wieder zum Bahnhof gebracht. Unsere Affäre endete auf einem sonnenüberfluteten Bahnsteig voller nasser Badeanzüge, salzverkrusteter Körper, glücklicher Pärchen. Als sie in den Triebwagen kletterte, den Rock eng am Hintern klebend, versuchte ich vergeblich, sie mir in zehn Jahren vorzustellen, mit den hundertzwanzig Kilo ihrer Mutter, Veranlagung hin oder her. Wir hätten gemeinsam Speck ansetzen können: Jetzt würde ich mager bleiben. Ein irrwitziger Hoffnungsfunke hielt mich dennoch davon ab, unglücklich zu sein. Ich habe stets Anflüge von Vorahnungen gehabt; ich verstehe mich zwar nicht darauf, aus der Hand zu lesen wie Lila, die nicht davon abzubringen war, daß meine Linien auf ein Doppelleben hinwiesen – was mich, treu, wie ich war, regelrecht auf die Palme brachte –, aber wenn sich bei mir keine Trauer einstellen will, dann hat das meistens etwas zu bedeuten.

Als Rajko zehn Tage vor dem Hochzeitstermin beim mitternächtlichen »Einkauf« in der Mercedes-Niederlassung von einem Nachtwächter niedergeschossen wurde, habe ich den Heiligen Marien gedankt, der Mutter Gottes, Allah und OM, kurzum allen Göttern von Marseille.

Nicht aus Schadenfreude, sondern aus Liebe: Ich hatte lediglich darum gebetet, daß Lila Witwe wird, irgendwann nicht allzu spät, bevor sie zuviel wog.

Jeder in Vallon-Fleuri wußte, daß Rajko ihr eine Vorleistung auf die Ehe abgefordert hatte. Folglich war sie entehrt – und das war meine Chance. Ich bin bei Mateo, ihrem älteren Bruder, vorstellig geworden und habe mit ihm über einen Preisnachlaß verhandelt. Ich habe ihm angeboten, als Mitgift zwölf Pioneer Laser und vierzig Lautsprecherboxen der Marke Bose zu stellen; mehr würden sie für ein Mädchen aus zweiter Hand nirgendwo bekommen. Im Wohnwagen des Ältestenrats fand eine Abstimmung statt, die ich mit zwei Stimmen für mich entschieden habe – mit denen von Wasil, der nicht mehr weiß, wie er heißt, wegen seines hohen Alters jedoch doppelt zählt. Mateo hat sich, innerlich vor Wut schnaubend, beugen müssen. Sie sind manchmal schon komisch, diese Manouches. Es ist ihnen lieber, wenn eine junge Frau auf Lebenszeit entehrt und allein bleibt und ihnen Schande bereitet, als daß sie sie an einen Gadjo verscherbeln, der sie von ihrem Makel befreit, indem er mit ihr fortgeht, weit weg von der Sippe.

Lila ist nicht gerade vor Begeisterung in die Luft gesprungen, als sie von meinem Sieg erfuhr. Mit einem abgrundtiefen Seufzer hat sie gesagt:

»Werd bloß nicht übermütig, Aziz.«

Ich nahm an, daß sie das der Form halber sagte, immerhin trug sie Trauer. Ich habe ihre Reaktion erst einen

Monat später verstanden, beim Verlobungsmahl, als mein erstes Leben zu Ende ging.

Ich hatte das Café Marchelli ausgesucht, am Rand unserer Siedlung, auf einer Fußgängerbrücke über der Umgehungsstraße. Hier werden die Modalitäten des Drogenhandels abgesprochen, weil wir derlei bei uns nicht dulden. Aus Prinzip. Wir machen Geschäfte, die einen ganzen Industriezweig in Schwung halten: Autos stehlen hat zur Folge, daß man neue verkaufen kann, während Heroin den Kunden in den Ruin treibt – die Unkosten für den kostenlosen ersten Schuß, der ihn auf den Geschmack der Abhängigkeit bringen soll, nicht mitgerechnet. Ich schlage Dealer grundsätzlich zusammen. Und wenn mein Kombi mit Todesdrohungen beschmiert ist, lackiere ich ihn über.

Trotz alledem hatte ich mich dafür entschieden, meine Verlobung mit Lila im Café Marchelli zu feiern, weil es dort richtige Tischdecken gibt und ausgezeichnetes Essen und zu festlichen Anlässen Blumenschmuck. Und wie gesagt lag das Lokal am Ende unserer Siedlung, das sah schon ein wenig nach Hochzeitsreise aus.

Ich hatte ihr hundertzwanzig-Kilo-Monstrum von Mutter eingeladen, die vier Mann hoch in den Korbsessel verfrachteten, ihre zwölf Brüder samt Ehefrauen und Onkeln, und sie haben angefangen, sich in ihrer Sprache, auf sinto, zu unterhalten, von der ich kein Wort verstehe. Bei Mamita, Friede ihrer Seele, sprach man unter sich kalderasch, und überhaupt kann man sich von Sippe zu Sippe nur auf französisch verständigen. Die Stimmung war ein wenig verkrampft, eigentlich schade, weil ich alles so gut vorbereitet hatte, das heißt, was das Drumherum betraf. Für alles übrige blieb mir wegen des Auftauchens der Polizei keine Zeit.

Da Pignol auf Urlaub war, hatte ich keine Vorwarnung erhalten. Zu viert sind sie hereingestürmt, Pistole im Anschlag, Hände hoch, Gesicht zur Wand. Wir hatten gerade unsere Gläser zu einem Trinkspruch erhoben und haben ihnen sogar noch zugeprostet und sie zum Essen eingeladen, was sie prompt in den falschen Hals bekommen haben – schon stehen wir an der Wand, werden gefilzt, herumgestoßen, als Zigeunerpack beschimpft – nein, nicht als verdammte Araber, weil ich der einzige war. Was wir denn angestellt hätten, habe ich gefragt, und sie darauf nur: »Maul halten!« Ich hatte den Eindruck, sie wollten vor Pignols Urlaubsvertretung, einer Frau, Eindruck schinden. Sie waren gekommen, »um ein Exempel zu statuieren«, und da in ihrem Wagen nur ein Platz frei war, haben sie mich mitgenommen. Und sich gesagt, das würde den ethnischen Konflikt eingrenzen – womit sie nicht unrecht hatten.

Die Manouches haben so gut wie nichts unternommen, mich zurückzuhalten. Mateo hat Lila sogar eine runtergehauen, als sie »Aziz!« schrie. Marchelli, der Wirt, beäugte gleichgültig und so, als wäre alles in schönster Ordnung, die Flecken auf dem Glas, das er gerade abtrocknete. Er rief uns noch ein »Wiedersehn, die Herren!« nach, als man mich, begleitet vom Klingeln der Türschelle über dem Eingang, ins Freie bugsierte. Da ich im voraus bezahlt hatte, ist anzunehmen, daß sich die Zurückgebliebenen mein Verlobungsmahl haben schmecken lassen.

Lila ist ein Stück hinter dem Renault 19 hergelaufen, gute zweihundert Meter ist sie gerannt, die weißen Schuhe in der Hand und laut fluchend – wirklich beeindruckend ihr Wortschatz an höllischen Verwünschungen und ihre Puste –, dann ist sie stehengeblieben, hat die Schultern gezuckt und den Arm ausgestreckt, aber was das bedeuten sollte, habe ich nicht recht verstanden. Durch das Rückfenster habe ich sie zum Café Marchelli zurückgehen sehen, wo man sich wahrscheinlich gerade über die Vorspeisen hermachte, und ich, so eigenartig das klingt, ich habe mir gesagt, daß es mit uns beiden aus und vorbei ist. Einfach so, instinktiv. Sie hatte sich zwischen einem Verlobten, den man ihr entführte, und einem Essen, das kalt zu werden drohte, entschieden. Nein, stimmt nicht ganz: Sie war mir immerhin noch ein Stück nachgelaufen. Aber wie ich nun mal bin, halte ich es mit Astirios aus Mazedonien, dem göttlichen Griechen auf Seite 115 meiner Legenden, der aus einer Hühnerleber herausgelesen hatte, daß ihn sein Gebieter Epirandas ermorden lassen wollte, und ihm das vorgehalten hat. Ich weiß immer früher als die andern, was an Gemeinheiten sie sich für mich einfallen lassen.

Sie haben mich in die vergitterte Zelle gesperrt, in die sie erst einmal alle stopfen, die sie sich schnappen, bevor sie dann aussondern. Es war mir ein wenig peinlich, daß ich mich mit meinen eleganten Klamotten – weißer Daniel-Hechter-Anzug, die Seitennähte der Hosen der Mode entsprechend durch eine Biese betont, das gestreifte Oxfordhemd farblich auf die reinseidene Pierre-Cardin-Krawatte abgestimmt – deutlich von den anderen abhob, aber ich kam gar nicht dazu, ihnen zu erzählen, daß heute der Tag meiner Verlobung war. Ich wurde fast augenblicklich zur Gegenüberstellung geholt. Und die war ein Hammer für mich.

Im Büro des Kommissars, in einem Sessel, die Hände über dem Schmerbauch gefaltet, saß Place-Vendôme, der Juwelier aus dem Panier, bei dem ich Lilas Ring gekauft hatte, weil man ein Verlobungsgeschenk, wenn man ehrliche Absichten hat, nicht klaut. Wollte unbedingt in dem renommierten Haus kaufen, wo es die in Weiß auf rotem Leder geprägten *Place-Vendôme-de-Paris*-Schächtelchen gab; super sah das aus. Und der Kommissar herrschte mich an: »Setz dich! Verzeihung: Setzen Sie sich« – offenbar hatte ihm der Präfekt eingebläut, keine Formfehler zu machen. Ich habe Platz genommen und mit offenem Mund zugehört, wie Place-Vendôme behauptete, ich sei bei ihm eingebrochen. Der Kommissar hat mich gefragt, ob mir das Schächtelchen bekannt vorkommt. Und ob es mir bekannt vorkam: Sie hatten es schließlich, als sie mich im Café filzten, in meiner Tasche gefunden, weil ich mit meinem Geschenk nicht gleich beim Aperitif herausrücken wollte, für wen hielten die mich eigentlich? Aber seinen Ring hätte ich ihm bezahlt, volle achttausendzweihundert, jawohl! Place-Vendôme hat gesagt, dies sei in der Tat der Preis gewesen, aber gestohlen hätte ich den Ring trotzdem.

Der Kommissar hat mich gefragt, ob ich die Rechnung hätte. Schulterzucken meinerseits: Ich hätte nicht vorgehabt, den Ring in die Rechnung eingewickelt zu verschenken, ich weiß schließlich, was sich gehört! Er hat geantwortet, daß alles, was ich sage, gegen mich verwendet würde, und, na ja, das hat mich zur Weißglut gebracht, also wirklich, jetzt übertreiben Sie mal nicht!, und gleich darauf war mir zum Heulen zumute, weil mir wieder einfiel, daß ich völlig vergessen hatte, mir eine Rechnung geben zu lassen. Ich bin einfach nicht gewöhnt, regulär einzukaufen.

»Fragen Sie Place-Vendôme«, habe ich gesagt. »Er muß die Summe verbucht haben.«

Aber das nützte mir auch nichts. Place-Vendôme de Paris hat seufzend den Kopf geschüttelt und zur Decke hinaufgeglotzt. Ich war drauf und dran, ihm eine in die Fresse zu hauen, aber die anderen haben mich auf meinen Stuhl gedrückt und mir dabei einen Daniel-Hechter-Ärmel ausgerissen, und ab sofort habe ich den Mund gehalten, nur noch gefragt, wann Pignol aus dem Urlaub zurückkommt, was keinesfalls boshaft gemeint war, nur haben sie das mißverstanden und mich unter unflätigen

Beschimpfungen ins Loch zurückgebracht, so als hätte ich ihrem Kollegen ans Bein pinkeln wollen, und ich habe in der von Rauschgiftsüchtigen bevölkerten Zelle geflennt wie ein kleines Mädchen, weil mir zum erstenmal Ungerechtigkeit widerfuhr.

Dann fiel mir ein, daß ich meinen Atlas zu Hause liegenlassen hatte, in meinem Estafette Kombi, den man nicht abschließen kann, und daß, wenn man mir das Buch klaute, das schlimmer wäre, als Lila zu verlieren. Lila hatte mir einfach gefallen, weil wir zusammen aufgewachsen waren, die *Legenden aus aller Welt* dagegen waren ein Geschenk eines Mannes, der mir zu nichts verpflichtet war, der mir die Freude beschert hatte, lernen zu dürfen, und dieses Buch war für mich das Wichtigste auf der Welt, das war mein Leben, alles andere konnten sie mir wegnehmen, dabei hatten sie nicht einmal meine Krawatte eingefordert, um zu verhindern, daß ich mich damit aufknüpfe; ich war ein Nichts, und ich kam mir direkt erbärmlich vor, weil ich noch am Leben hing.

Der Tag ging vorüber, als wäre er bereits abgehakt, als sei nichts passiert. Sie hatten mich vergessen, das war das Schicksal aller Dinge und besonders der unwichtigen. Aber ich sah keine Veranlassung, mich zu beklagen. Hinter mir lagen neunzehn glückliche Jahre, in denen ich niemandem etwas zuleide getan hatte außer Place-Vendôme: Ich drehte einer Gabel den Hals um und stellte mir vor, er sei es. Anschließend habe ich das, was man mir vorsetzte, mit den Fingern gegessen – schmeckte gut, das Verlobungsmahl –, und danach war mir alles egal. Sollte Lila doch als betagte Nutte für fünf Francs das Kilo enden, Pech für sie – ich liebte sie so sehr, seit so langer Zeit, hatte einzig und allein sie geliebt, das Zusammensein mit ihr im Meer bei Niolon war derart schön gewesen, und überhaupt hätte Wasil mich in meinem Ami 6 in der Kurve von Frioune verbrennen lassen sollen.

Dann kam die Nacht, und um mich herum haben alle geschnarcht. Ich lag mit offenen Augen da, überlegte hin und her, um beschäftigt zu sein und bloß nicht an meinen Atlas zu denken. Das hätte mich zu traurig gemacht.

Am nächsten Tag hat man mich in eine Einzelzelle gesperrt. Ein mir unbekannter Typ in dunklem Anzug ist erschienen, hat mich gebeten, aufzustehen, mich um mich selbst zu drehen und zu lächeln. Mit sichtbarer Erleichterung hat er zum Kommissar gesagt:

»Doch, ja, der da eignet sich bestens.«

Der Kommissar hat sich bei mir bedankt, und die Zellentür wurde wieder geschlossen. Um mir die Zeit zu vertreiben, habe ich an Mamadou M'Ba aus der Geschichte über Äthiopien gedacht; ich habe mir einzureden versucht, man hätte vor, mich als Sklave auf dem Markt zu verkaufen, aber das hat nichts gebracht. Das einzige Bild, das sich in meinem Kopf festgesetzt hatte, war das von Rajko. Sein Lächeln, seine Gitarre, sein Händedruck, die überaus geschickten Finger. Er hatte mich in meinen Beruf eingeführt, er hätte Lila bestimmt glücklich gemacht, er war für nichts und wieder nichts gestorben. Ich habe ihn um Verzeihung gebeten.

Und dann ist Pignol aus dem Urlaub zurückgekommen. Ich dachte, er würde mich freilassen, aber dem war nicht so, wie ich ihm sofort angemerkt habe. Nichts für ungut, hat er gesagt, ich muß das verstehen. Ich habe geantwortet, ich würde ja gern verstehen, aber die Gemeinheit von Place-Vendôme gehe mir gegen den Strich. Das mit Place-Vendôme ist doch eine Lappalie, hat er abgewinkt. Na also, habe ich gesagt, weil es ja stimmte: Wichtiger war mein Atlas. Ich habe ihn gebeten, zu mir nach Hause zu gehen, und er darauf: Das sei bereits geschehen, seine Kollegen hätten alles durchsucht und nichts gefunden.

»Nichts?« habe ich gefragt.

Er hat mir die Hand auf die Schulter gelegt. Meinem Zuhause habe man bereits einen Besuch abgestattet, und wenn er sagte »einen Besuch abgestattet« ... Übrig war demnach nur noch der Kombi, vielmehr das Gerippe. Ich habe ihn nicht weiter bedrängt. Nach dem Atlas zu fragen, hätte mir unnütz weh getan. Bei uns geht es zu wie bei den Tieren, was ja auch normal ist: Solange man da ist, steht man sich gegenseitig bei, und einem Verwundeten verpaßt man den Gnadenstoß, im Interesse der Gemeinschaft. Es gab nichts dazu zu sagen.

Pignol hat sich noch darüber ausgelassen, daß ich, was meine Papiere angeht, mir wirklich etwas mehr Mühe hätte geben können. Also wirklich! Derart plumpe Fälschungen kämen schon fast einer Beleidigung gleich. Ich habe immer noch nichts gesagt. Schließlich war es Place-Vendôme, von dem ich sie hatte, und das hätten sie nur zusätzlich gegen mich ausgelegt, weil ich doch keine Rechnung besaß. Der Juwelier war, wie jeder wußte, in zweifacher Richtung zu Diensten; zum einen als Polizeispitzel, zum andern als Hehler. Er besaß den Stempel der Präfektur, und ich fiel nicht ins Gewicht.

»Man wird dich nach Hause bringen, Aziz.«

Ich habe gesagt, danke, aber das sei nicht nötig, ich hätte kein »Zuhause« mehr und Lila verloren; soll doch die Gerechtigkeit ruhig ihren Lauf nehmen.

»Du verstehst nicht, Aziz. Dich nach Hause bringen heißt: in deine Heimat.«

»Meine Heimat?«

»Nach Marokko.«

Es hat eine Weile gedauert, bis ich begriffen habe, und dann ist mir eingefallen, daß ich meinen Papieren nach tatsächlich Marokkaner war, genausogut wie man auch Tunesier, Algerier oder Syrer hätte vermerken können; das war nur zum Schein und bewies gar nichts.

»Sie wollen mit gutem Beispiel vorangehen, Aziz. Sie sind verpflichtet, dich dorthin zurückzuschicken, woher du kommst.«

Verzeihung, habe ich darauf gesagt, ich bin ja gern bereit, mich für ein gutes Beispiel zur Verfügung zu stellen, aber ich habe mir mein Leben als Ausländer in Frankreich eingerichtet; ich bin gegen einen Neuanfang als Ausländer in einem Land, in dem ich als einziger weiß, daß ich dort nicht zu Hause bin. Ich habe es schon bei den Tsiganes schwer genug gehabt. Ich bin Aziz, Sohn des Ami 6 von Citroën, und ich stamme aus Marseille wie du, Pignol, also was soll der Scheiß! Das sieht man doch! Das hört man doch!

Ich merkte aber, daß ich damit nicht durchkam, selbst mein Verstand wandte sich gegen mich; Verrat auf der ganzen Linie. Um nicht in seiner Gegenwart in Tränen auszubrechen, habe ich ihn gebeten, dem Präfekten in meinem Namen zu danken.

»Das kommt von weiter oben, Aziz. Die Regierung hat Maßnahmen gegen die Illegalen ergriffen. Das heißt ... *für* die Illegalen. Im Einklang mit der Menschenrechtskommission und dem AIV, dem Amt für Internationale Völkerwanderung.«

Und er hat mir in groben Zügen erklärt, daß man, um gegen den Rassismus in Frankreich anzugehen, die Einwanderer wieder nach Hause schicken muß. Ich habe schweigend zugehört, obwohl ich es irgendwie absurd fand, gegen eine Idee anzukämpfen, indem man sie in die Praxis umsetzt. Er hat noch hinzugefügt, daß ich morgen vormittag von Marignane abfliegen würde und daß ein eigens für mich abgestellter Beamter, ein sogenannter »Attaché für Humanitäres«, mich nach Marokko begleiten würde, um sicherzustellen, daß alles reibungslos über die Bühne geht, um mich wieder einzugliedern, mir Arbeit und eine Unterkunft zu beschaffen und, wie es im

Rundschreiben des Ministeriums hieß, »Frankreich die frohe Botschaft seiner in ihre Heimat zurückgekehrten Freunde übermitteln zu können«.

Man habe, so Pignol, den Attaché für Humanitäres bereits heute früh erwartet, aber er hätte seinen Zug verpaßt und würde erst mit dem nächsten eintreffen. Fängt ja gut an, habe ich gesagt und den lässigen Typen gemimt, der das Leben von der humorvollen Seite nimmt. In Wirklichkeit war ich restlos fertig. Pignol auch. Als ihn ein Kollege rief, hat er mich mit einer Geste der Hilflosigkeit wieder in meinem Loch eingeschlossen und ist in die Mittagspause gegangen. Man hat mir mein Eßgeschirr gebracht, auch die Gabel, die ich stellvertretend für Place-Vendôme verbogen hatte, und ich habe wieder mit den Fingern gegessen, das gleiche wie gestern, und die Stunden vergingen nicht mehr, nur daß ich morgen per Flugzeug entschwinden würde, und ich habe gewartet.

Um zwanzig vor fünf ist Pignol noch mal gekommen. Er wich meinem Blick aus, aber ich hatte Zeit zum Nachdenken gehabt und mich beruhigt. Mit matter Stimme hat er vorgebracht:

»Dein Attaché ist da.«

Die Beine übergeschlagen und ohne das Gesicht zu verziehen, habe ich gefragt:

»Hat man ihm meine Papiere ausgehändigt?«

»Ja.«

»Na also. Dann ist ihm doch bestimmt aufgefallen, daß sie falsch sind.«

»Nein.«

Ich habe nicht länger meine Fingernägel angestarrt.

»Was ihm allerdings aufgefallen ist: Deine Aufenthaltsgenehmigung ist abgelaufen.«

Er hat sich neben mich auf die Matratze gesetzt, die Hände zwischen die Knie geklemmt, den Kopf gesenkt. Mit einem Schlag war meine Unruhe wieder da.

»Aber ihr habt ihm doch gesagt, daß sie gefälscht sind?«

Er hat nicht sofort geantwortet. Er hat seinen Kaugummi aus dem Mund genommen und mit Daumen und Zeigefinger geknetet. Als das Kügelchen schön rund war, hat er erklärt, daß meine Papiere, ob mir das nun gefalle oder nicht, nicht in Ordnung seien. Ich habe protestiert:

»Hör mal, Pignol, das sind sie seit meiner Geburt!«

Er hat das Gesicht verzogen, um mich dadurch zum Schweigen zu bringen.

»Eins mußt du verstehen, Aziz: Seit geschlagenen drei Tagen sitzen diese Typen unseren Leuten im Nacken und fordern Illegale, Illegale, Illegale! Völlig übergeschnappt sind die, unerträglich! Sie haben sogar das Bordell am Centre de Retention aufgemischt, weil sie einfach nicht kapieren, daß die Zuhälter, die sich erwischen lassen, ohne Papiere sind und *nie und nimmer* preisgeben, aus welchem Land sie kommen, weshalb man sie auch nicht ausweisen kann. Sie sitzen ihre acht Tage im Bau ab und machen sich über uns lustig, danach werden sie entlassen, so verlangt es das Gesetz.«

»Und warum habe ich keinen Anspruch auf acht Tage?«

»Der einzige, den sie bislang hätten abschieben können, war ein Schwarzer aus Basse-Terre. Sie hatten ihm bereits die Fahrkarte besorgt. Wir mußten sie darauf hinweisen, daß Guadeloupe französisch ist. Kannst du dir so was vorstellen?«

Ich konnte, aber das war ihr Problem. Ich war Marseillais, mit Leib und Seele, vom Akzent her und von Geburt an – Zweifel waren in meinem Fall also angebracht, und wenn man mich schon irgendwohin zurückschicken mußte, dann an die Kurve von la Frioune. Meine Heimat war die Bouches-du-Rhône, meine Siedlung Vallon-Fleuri und meine Mannschaft Olympique Marseille!

Pignol hat einen tiefen Seufzer ausgestoßen und damit meine Verteidigung in sich zusammenbrechen lassen:

»Du bist der erste Ausländer mit Papieren, Aziz, und der irgendwo herkommt.«

»Und wenn ich sage, daß das nicht stimmt?«

»Was würdest du dir damit einhandeln? Zwei Jahre Knast wegen falscher Papiere und Diebstahl. Bestehst du wirklich darauf, Franzose zu sein?«

Er hatte mir den Blick zugewandt, in dem sich ein letztes Mal, zum Abschied, unsere Freundschaft offenbarte. Unverkennbar, daß er in meiner Abreise die Chance meines Lebens sah. Nichts hielt mich zurück, keinerlei Erwartungen für die Zukunft, warum also bleiben? Dort unten könnte ich ganz von vorn anfangen, mit Hilfe eines erfahrenen Mannes. Er hat mich kräftig ins Knie gezwickt und gesagt:

»Du wirst mir fehlen.«

In seinen Gedanken war ich bereits weg. Ist schon verrückt, wie schnell man sich auf eine neue Situation einstellt.

Er hat das Kaugummikügelchen fallen lassen, das mir vor die Füße gerollt ist, und ist gegangen, ohne sich noch einmal umzudrehen.

Ich habe eine Schreibmaschine klappern hören. Man hat mir einen Kamm gegeben, damit ich mich für das, was sie Vorgespräch nannten, zurechtmache. Er war derart schmutzig, daß ich mir statt dessen mit den Fingern durch die Haare fuhr, obwohl ich nicht unbedingt einsah, daß das etwas an meinem Schicksal ändern würde.

Sodann bin ich dem Attaché für Humanitäres vorgeführt worden, einem etwa fünfunddreißigjährigen blonden, weißhäutigen Brillenträger mit hohlen Wangen und rot unterlaufenen Augen; nicht häßlich, aber nicht ausgegoren, mit dem verkniffenen Mund derer, die sich einbilden, sie gehörten ganz woanders hin. Er trug einen grauen, für hiesige Verhältnisse zu warmen Anzug und über einem grüngestreiften Hemd eine Krawatte, die eher für eine Beerdigung geeignet gewesen wäre. Ohne mich anzusehen, hat er mir die Hand hingestreckt und gesagt:

»Jean-Pierre Schneider.«

Ich habe mich mit einem Guten Tag begnügt, meinen

Namen hatte er ja vor sich, auf meinem Paß. Er hat mich aufgefordert, Platz zu nehmen, ohne sich darum zu scheren, daß gar kein Stuhl dastand. Er vertiefte sich in eine Karte von Marokko, die ausgebreitet vor ihm lag.

»Also, woher genau sind Sie?«

Er schien in Eile, dabei ging unser Flugzeug doch erst am nächsten Tag. Ich habe von der anderen Seite aus auf meinen Paß geschielt und nach dem Namen der Stadt gesucht, in der mich Place-Vendôme das Licht der Welt hatte erblicken lassen.

»Irghiz«, habe ich gesagt.

»Das weiß ich«, hat er geantwortet. »Ich hab's gelesen, aber nicht gefunden. Wo liegt das?«

Warum seine Augen so rot waren, ist mir klargeworden, als ich das Vergrößerungsglas auf der Marokkokarte sah. Er hatte alle Namen des Landes abgegrast, erfolglos. Um ein Haar hätte ich ihm vorgeschlagen, sich bei Place-Vendôme zu erkundigen, aber den gab es ja nicht mehr: Der existierte nur noch als Gabel, ich hatte ihn aus meinem Gedächtnis verbannt. Außerdem war Irghiz mit Sicherheit eine Erfindung von ihm, zur Vermeidung der Überprüfbarkeit der Personalien. Der Attaché sah alle zehn Sekunden auf die Uhr, so als ob er anschließend verabredet wäre. Bestimmt mit einer Frau, wie sein Tick, an den Ärmeln seines Anzugs herumzuzerren und dadurch die Schulterpartie zur Geltung zu bringen, verriet. Mir ging es ähnlich, wenn ich am Bahnhof von Niolon auf Lila wartete und nicht wußte, in welcher Stimmung sie diesmal sein würde, ob mürrisch oder ausgelassen. Um seine Unsicherheit zu überspielen, tut man eben, was man kann.

Er hat nicht lockergelassen:

»Was ist das für ein Irghiz? Eine Siedlung, ein Dorf? Und wo liegt es?«

Ich dachte an die Frau, die irgendwo auf ihn wartete. Er hatte es gut, auch wenn es, seinem Gesichtsausdruck nach zu schließen, zwischen ihnen nicht zum besten stand. Auf mich wartete niemand mehr.

»Ich habe Sie gefragt, wo das liegt.«

»Ungefähr da«, habe ich gesagt und aus der Entfernung auf gut Glück auf eine Stelle der Karte gedeutet.

»Im Atlasgebirge?« hat er mit einem Anflug von Panik entgegnet, »sind Sie sicher?«

»Na hören Sie mal«, habe ich beleidigt zurückgegeben, aus einem eigenartigen Reflex heraus. Denn dieses Wort »Atlas«, das wie durch Zauber über seine Lippen gekommen war, so als hätte er es in meinen Gedanken gelesen, dieser Name, mit dem sich für mich etwas verband, hatte es mir auf seiner bunten Karte auf der Stelle angetan, wie die Seerose, die den Schwimmer auf den Grund des Teiches zieht. Seit zig Stunden dachte ich ununterbrochen an meinen Atlas, an die *Legenden aus aller Welt.* Lila hatte ich zwar auch verloren, aber ein anderer würde sie in die Arme nehmen, unterhalb des Felsens des Freiluftsportzentrums, während man mein Buch für zwanzig Francs an einen Büchertrödler verschleudern würde, und nie wieder würde es jemandem so viel bedeuten wie mir.

»Wo im Atlas?« hat der Attaché für Humanitäres nach einem verstörten Blick auf seine Uhr gefragt.

»Sag ich Ihnen später«, habe ich kurz und bündig erwidert. Ich war ganz in meinen Gedanken versunken. Komischerweise hat er das geschluckt, dabei wollte er mir im Grunde doch nur helfen. Er erläuterte seine Frage:

»Damit Sie es wissen, mein Auftrag ist eindeutig und gleichzeitig nicht scharf umrissen. Ich soll Sie in Ihre Heimat zurückbringen, alles tun, damit Sie wieder Wurzeln schlagen, Ihnen auf den Ämtern bei der Suche nach Arbeit zur Seite stehen ... Eigentlich ist mein Platz in der Presseabteilung des Quai d'Orsay; man hat mich von meinen normalen Aufgaben entbunden und mich auf diesen neugeschaffenen Posten berufen. In gewisser Weise leiste ich Pionierarbeit; tut mir leid, daß es Sie getroffen hat.«

Mir auch, habe ich höflichkeitshalber erwidert. Von seiner Geschichte hatte ich nichts begriffen, aber ich fand ihn sympathisch, weil er war wie ich: Wenn er sprach, waren seine Gedanken ganz woanders. Dazu kam, daß er einen eigenartigen Akzent besaß, der nicht zu seiner Schreibtischerscheinung paßte, einen harten, abgehackten Akzent mit geschnalzten Konsonanten und gurgelnden Vokalen. Erst später habe ich erfahren, daß dieser Akzent, den er glaubte, abgelegt zu haben, typisch für Lothringen ist.

Die Hände im Rücken verschränkt, sah ich ihn an und versuchte mir die Frau seines Herzens vorzustellen, um Lilas Gleichgültigkeit zu verschmerzen, die es nicht einmal für nötig hielt, mich zu besuchen. Ob er mit Paris telefonieren dürfe, hat er Pignol gefragt. Mit einer Eiseskälte, die ich an ihm nicht kannte, hat Pignol erklärt, normalerweise seien Ferngespräche über das Departement hinaus aus Kostengründen nicht länger gestattet, aber er würde die Vermittlung anweisen, eine Verbindung nach Paris herzustellen, wenn Monsieur l'Attaché so nett wäre, die gewünschte Nummer anzugeben und den Beleg mit Datum und Unterschrift zu versehen. Der Attaché hat erwidert, es sei nicht eilig, das hätte Zeit, aber seine Augen verrieten das Gegenteil, und seine Finger trommelten nervös auf die Tischplatte. So als würde eine Tür zuschlagen, hat er aufgeseufzt und sich dann wieder über die Karte von Marokko gebeugt.

»Also im Atlas, meinetwegen, aber in welchem? Im Vorderen, im Mittleren, im Hohen?«

Auf gut Glück oder aus Stolz, schwer zu sagen, habe ich entschieden:

»Im Hohen.«

»Aber das geht doch gar nicht!« hat er protestiert und auf einen Knick in der Karte geklopft. »Ich sollte Flugscheine nach Rabat besorgen, das liegt genau am anderen Ende!«

»Das war wegen des Flugplans. Es gab nur eine Verbindung am Morgen, die nach Rabat; die anderen waren zu spät, um noch den Anschluß zu schaffen.«

Der das eingeworfen hatte, war ein Rothaariger mit Mütze. Wegen seines Fotoapparats hatte ich ihn bisher nicht weiter beachtet. Jedesmal wenn ich bei Pignol hereinschaute, stolperte ich über die Fotografen vom *Provençal* und vom *Méridional*, den beiden großen Tageszeitungen von Marseille, politisch gesehen Gegner, wenngleich im Dienste ein und desselben Herausgebers. Vor allem wenn es um Fotos geht, kennen sie kein Pardon, um ja als erster an den diversen Schauplätzen und bei Verhaftungen zur Stelle zu sein. Der heutige Rothaarige war jedoch kein Einheimischer, er sprach mit Pariser Akzent, wie man ihn aus dem Fernsehen kennt. Da ich ihn anschaute, einfach so, ohne mir viel dabei zu denken, hat mich der Attaché ihm vorgestellt. Er hieß Greg Thibaudot und arbeitete für *Match*, die Zeitschrift, die ich in der Poliklinik lese, wenn ich Zahnschmerzen habe.

»Derjenige welche, um den es bei dem Unternehmen geht«, hat der Attaché gequält hinzugefügt.

Offensichtlich hatte sich das mit mir herumgesprochen, und mir fiel auf, daß die Bullen seit einer Stunde um einiges höflicher mit mir umsprangen. Der Dicke mit dem Schnauzbart hatte mir, dem Nichtraucher, sogar eine Zigarette angeboten; um die Atmosphäre aufzulockern, hatte ich sie geraucht und getan, als schmeckte sie mir.

»Derjenige welche?« habe ich nachgefragt.

Worauf der Attaché seine Brille in die leicht gekräuselten blonden Haare schob, sich mit beiden Händen kräftig die Nase rieb und nach Luft schnappte, ehe es aus ihm heraussprudelte:

»Frankreich ist daran gelegen, Gastarbeitern die ihnen zustehenden Rechte zu gewähren, wohlgemerkt insofern sie einen Arbeitsplatz nachweisen können und in geordneten Verhältnissen leben. Für alle anderen hingegen, und das trifft auch auf Sie zu, steht es außer Frage, weiterhin auf Maßnahmen der Ausweisung oder Abschiebung zurückzugreifen, die einer Demokratie schlicht und einfach unwürdig sind. Ich sage Ihnen das, um ein für allemal Klarheit zu schaffen, wir verstehen uns doch?«

»Ja«, habe ich erwidert.

»Also dann, um es kurz zu machen: Die Regierung startet ein Projekt, das nicht nur auf vorbildliche Weise der Würde des Menschen Rechnung trägt, sondern bestrebt ist, vom Resultat her effizient zu sein, zumal das eigentliche Ziel nicht darauf ausgerichtet ist, Ihnen nahezulegen, ein Land zu verlassen, in das wir Sie geholt haben, als wir Sie brauchten, sondern um Ihnen mit tatkräftiger Unterstützung unsererseits zu verdeutlichen, daß es *Ihr* Land ist, das jetzt Ihrer bedarf. Und das einzige Mittel, dem Zustrom von Einwanderern aus dem Maghreb Einhalt zu gebieten, ist der, Ihnen die Zukunft *bei Ihnen zu Hause* zu ebnen, durch eine sinnvolle Entwicklungspolitik sowohl in wirtschaftlicher Hinsicht wie auch im Hinblick auf menschliche Ressourcen, und ...«

Er ist jählings verstummt, so als wüßte er nicht mehr weiter, hat den Kopf eingezogen, geschluckt, laut aufgestöhnt und mir zum erstenmal in die Augen gesehen.

»Und weil die Sendung ›Marseille, eine arabische Stadt‹, eine Sehbeteiligung von dreißig Prozent verzeichnet hat, will man das Projekt hier starten!« hat er trotzig hervorgestoßen, so als wäre ich daran schuld. »Ich bin nicht dazu gekommen, Ihre Akte zu studieren! Ich weiß nicht einmal, in welcher Branche Sie arbeiten!«

»Autoradios«, ist es mir herausgerutscht.

Er hat mich eine Weile angeschaut und sich wieder beruhigt, hat wie zur Entschuldigung für seinen Wutausbruch auf die Karte von Marokko gewiesen. Und dann hat er noch etwas gestammelt von aufstrebender Wirtschaft, Investitionen in Sachen Audivision und Errichtung eines Renault-Werks in der Region Casablanca. Ich nickte. Es kam mir vor, als legte er vor mir eine Prüfung ab.

»Und Sie wollen weiterhin in dieser technischen Sparte tätig sein, oder schwebt Ihnen eine Ausbildung vor, die Ihren Fähigkeiten mehr entspricht? Nur raus damit, wenn dem so ist! Durch das Ministerium für Auswärtige Angelegenheiten Ihrer Regierung bin ich ermächtigt, Ihnen in administrativen Belangen zur Seite zu stehen.«

»Ich habe jetzt genug Licht«, hat der Fotograf vermeldet.

»Gut«, hat der Attaché gesagt. Und ist mit angespannter Miene um den Tisch herumgegangen, hat sich neben mich gestellt und mir eine Hand auf die Schulter gelegt, um sie, weil's wohl auch ein bißchen übertrieben wirkte, gleich wieder zurückzuziehen und sich damit zu begnügen, einfach dazustehen, mit eingefrorenem Lächeln, die Hände auf dem Rücken. Der Fotograf hat mich gebeten, ins Objektiv und nicht zum Attaché zu schauen und ebenfalls zu lächeln.

»Aber nicht zu sehr.«

Ich habe mein Lächeln zurückgeschraubt.

»Ein wenig aber doch, ein erstauntes Lächeln, wenn du kannst.«

Ich habe erstaunt geschaut, was mir nicht schwergefallen ist.

»Aber nicht zu erstaunt, mehr lächelnd. Ungezwungen sozusagen. Das heißt, eher ein bißchen befangen ... Ja, so! Gut, beweg dich nicht mehr! Prima so – nein, nicht die Zähne zeigen, klasse ... Ja, doch, bleib mit der Hand so, wunderbar, das wirkt natürlich. Und die Karte, okay, Monsieur, gefällt mir, super, deuten Sie auf der Landkarte irgendwohin, und du, du beugst dich interessiert vor, ja, genau so, genial! Okay. Ich unterlege sie schwarz, das macht sich gut.«

Es raschelte um uns herum, fast ein wenig feierlich. Ich mußte wieder an mein Verlobungsessen denken, und die letzten Fotos sind sicherlich ein wenig trauriger ausgefallen. Der Fotograf hat seine Sachen gepackt und ist mit einem »Bis morgen!« abgezogen. Ich dürfe jetzt aufhören zu lächeln, hat der Attaché gemeint. Er wirkte leidlich zerknirscht.

»Bitte entschuldigen Sie dieses ganze Drumherum, aber die Regierung braucht gegenwärtig ... Sie verstehen doch? Darf ich Sie Achmed nennen?«

Ich habe ja gesagt, was blieb mir schon anderes übrig, aber Pignol, leichenblaß in seinem wiedererwachten Zorn, hat ihn mit dürren Worten zurechtgewiesen, mein Name sei Aziz. Der Attaché hat sich bei mir entschuldigt, wo hätte er nur seinen Kopf! Ich ahnte, wo, kannte ihn aber noch nicht gut genug, um ihn nach dem Namen der Frau zu fragen, die in seinen Gedanken herumspukte, und wie sie denn so sei; das hätte mich auf andere Gedanken gebracht. Er gefiel mir gut, dieser Typ, auch wenn ich nicht wußte, warum. Vielleicht waren es die Umstände. Und weil er von woandersher stammte.

Er ist gegangen, ohne mir die Hand zu schütteln, wohl in der Annahme, einmal sei genug, und hat in einer Sprache, die meine zu sein schien, ein Wort ausgestoßen, das offenbar auf Wiedersehen bedeutete. Ohne jede Hast hat er die Tür hinter sich zugezogen, obwohl ich ahnte, daß er spät dran war. Ich hoffte, seine Frau würde neben dem Telefon auf seinen Anruf warten und ihre Probleme würden morgen, am Flugplatz, bereinigt sein.

»Zum Kotzen!« hat Pignol geschnaubt und mich in meine Zelle zurückgebracht.

»Was denn?« habe ich gefragt.

»Alles! Diese ... diese Maskerade, diese Fotos, einfach zum Kotzen! Findest du nicht?«

Ich war nicht seiner Meinung. Was ich zum Kotzen

fand, war die Sache mit dem Ring. Alles andere war eher unterhaltsam.

»Hör mal, Aziz, willst du wirklich diesen Zirkus mitmachen?«

Sein jäher Meinungsumschwung war mir unverständlich. Er hatte mir geraten, Leine zu ziehen, nun zog ich Leine – was war daran faul?

»Ist doch ein Windei, dieser Kerl, kapierst du denn das nicht? Wie soll der denn für dich in Marokko Arbeit finden? Dem geht's doch nur darum, sich abfotografieren zu lassen, mehr nicht! Ein kleines Würstchen ist das!«

Etwas Eigenartiges ging in meinem Kopf vor sich. Pignol mochte durchaus recht haben, und dennoch lag mir daran, meinen Attaché in Schutz zu nehmen. Zwischen uns hatte sich eine Beziehung angebahnt, in der für Pignol kein Platz war, und möglicherweise war er deshalb eifersüchtig.

»Ich finde diesen Burschen ausgesprochen nett. Wir haben uns gut verstanden.«

»Menschenskind, zeig ihnen endlich mal die Zähne, du Idiot! Setz dich zur Wehr!«

Schon komisch, daß ein Polizist, auch wenn er mein Freund war, mir riet, mich in der Zelle, in die er mich soeben eingesperrt hatte, zur Wehr zu setzen.

»Weißt du, warum sie auf dich verfallen sind, warum sie ausgerechnet dich abschieben wollen? Hast du das mittlerweile begriffen? Weil du gut aussiehst, jawohl, du bist fotogen! Foto-gen!«

Warum so aufgebracht? Das war doch eher schmeichelhaft.

»Hör bloß auf, Aziz! Mich ekelt das an! Weil sie nicht mehr wissen, was sie vor lauter Arbeitslosigkeit und Meinungsumfragen tun sollen, schicken sie einen Araber nach Hause, und wie zufällig picken sie sich einen raus, der eher wie ein Korse aussieht als wie ein Araber, das wirkt weniger rassistisch! Aber wenn du noch dazu einverstanden bist ...«

Auch ohne meinen arabischen Stolz herauszukehren, fand ich ganz und gar nicht, daß ich wie ein Korse aussah. Aber ich habe Pignol nicht widersprochen; da er mütterlicherseits korsisches Blut in den Adern hatte, war das aus seinem Munde als Kompliment zu werten.

»Ich bin nicht gerade hocherfreut«, habe ich gesagt, »aber es macht mir nichts aus.«

»Es macht dir nichts aus? Diese Heuchelei, diese Farce, diese Inszenierung für die Öffentlichkeit, die sie da mit dir veranstalten, das alles macht dir nichts aus?«

Ich habe ergeben die Schultern gezuckt. Er hat gebrüllt, ich hätte keinen Mumm, und dann hat er die Luft angehalten, denn in diesem Ton hatten wir uns immer beim Fußball im Schulhof gestritten, damals, als er und ich noch gleichauf waren; zwei Erstkläßler, zwei Zweitkläßler, zwei aus der 6 B – nur die Namensschildchen auf den Heften hatten sich von Jahr zu Jahr verändert, und jetzt gehörte das alles der Vergangenheit an, lag wegen des Flugzeugs, das auf mich wartete, länger zurück als je zuvor.

»Du bist mein Freund, Aziz.«

»Du auch.«

»Macht mich ganz krank, daß du fortgehst.«

»Mich auch«, habe ich gesagt.

Obwohl das nicht mehr so ganz stimmte. Er hat zu Boden geschaut, den Schlüssel rumgedreht und mir dann durch die Gitterstäbe einen Kaugummi angeboten, den ich nicht genommen habe. Ich habe ihn angelächelt und genickt. Es ist schön, einen Freund gehabt zu haben. Weniger schmerzhaft als bei einer Frau, wenn man sich trennt. Es besteht immer die Hoffnung, gute Kumpel zu bleiben und daß die Zeit, die man miteinander verbracht hat, nicht durch Erinnerungen an einen Nachfolger ausgelöscht wird.

Am späten Nachmittag hat mich dann obendrein noch Lila besucht, mit ihrem Bruder Mateo, was für mich eindeutig genug war. Sie hat die Augen niedergeschlagen, als er mich als eine Mißgeburt von Straßenköter bezeichnet hat – eine Ausdrucksweise, die in seinen Kreisen gang und gäbe ist –, und einer Manouche einen gestohlenen Ring zu schenken sei der Gipfel der Unverschämtheit, die größte Beleidigung der Heiligen Marien, und für ihn sei ich schon immer der hinterhältige Araber gewesen, der Abschaum eines Gadjos, gewissenlos durch und durch. Und er habe Lila mitgebracht, damit sie ihren Fehler einsieht: Sie könne von Glück reden, daß ich im Bau sitze, sagte er, dadurch, daß man mich aus dem

Verkehr gezogen habe, sei sie nicht völlig entehrt, dafür habe sie eine Lektion erteilt bekommen, die sie wohl niemals vergessen würde.

Während er Dampf abließ, sah ich ihn an und dachte nach. Das Geschäft mit mir hatte sich wirklich gelohnt. Er behielt als Entschädigung meine zwölf Pioneer Laser und meine vierzig Bose Lautsprecherboxen; Place-Vendôme würde meinen Ring noch einmal verkaufen, und obendrein war ihnen der Dank der Polizei sicher, daß sie mich, fotogen wie ich war, ausgeliefert hatten.

Lila hat hinter ihrem Bruder meine Zelle verlassen, ohne den Mund aufgemacht zu haben. Er hatte es ihr bestimmt verboten, aber mit den Augen hätte sie mir Lebewohl sagen können; wir waren doch lange genug zusammen gewesen. Mein Herz war ein absoluter Trümmerhaufen. Verständlich, daß ich es eilig hatte, weit weg zu sein, dorthin zurückzukehren, woher ich nicht kam, Neues kennenzulernen: Vallon-Fleuri und die Tsiganes waren für mich abgehakt, ich konnte es kaum erwarten, den Nervösling wiederzusehen, den man mir zur Seite gestellt hatte; er zumindest hatte nichts gegen mich, er hatte sich mich nicht ausgesucht. Wir waren zwei Opfer, die zum Teufel geschickt wurden, und falls es in dieser Woche an Kriegen, Toten oder Prinzessinnen mangeln sollte, würden wir das Titelbild von *Match* zieren – was mich allerdings eher kalt ließ, weil es keinen mehr gab, der mich ausgeschnitten hätte.

Auf meiner Matratze, die schon weniger stank – ich

hatte mich daran gewöhnt oder im Geiste bereits abgehoben –, habe ich geträumt, daß das Flugzeug zur Landung auf einem Foto von meinem Atlas ansetzt, und je tiefer wir sinken, desto plastischer wird das Foto, und wir landen in der Wirklichkeit, und die Bildunterschrift verwandelt sich in die Flughafenhalle, und ich sage zum Attaché für Humanitäres: »Willkommen bei mir zu Hause.« Er lächelt, nickt. In meinem Traum wirkt er weniger fahrig.

Um neun Uhr morgens bekam ich Kaffee und einen Zwieback serviert, dann bin ich zum Flugplatz chauffiert worden. Vor dem Eingang zur Abflughalle, der mit mobilen Sperrgittern umstellt war, an denen Flughafenpolizisten die Leute zum Weitergehen aufforderten, lief der Attaché für Humanitäres auf und ab. Kaum hatte ich den Fuß auf den Bordstein gesetzt, hat er mich am Arm gepackt und gesagt, ich solle mich beeilen, und wo denn mein Gepäck wäre. Ich habe geantwortet, meine Unterkunft sei auseinandergenommen worden, worauf er meinte, in der Rodier-Boutique würde ich sicherlich etwas Geeignetes finden. Ich habe ihm für seine Fürsorglichkeit gedankt, aber auch gleich darauf hingewiesen, daß ich kein Geld habe. Das sei alles durch seine Spesen abgedeckt, hat er gesagt und mir dreitausend Francs ausgehändigt, damit ich mich zweckmäßig einkleide, nur schnell müsse es gehen, weil es Probleme gebe, was bei ihm häufig der Fall zu sein schien.

In der Umkleidekabine habe ich, ohne mit der Wimper

zu zucken, meinen weißen Verlobungsanzug abgelegt, eine bitterböse und durch den Aufenthalt im Gefängnis völlig verschmutzte Erinnerung, und einen wunderschönen Glencheck aus reiner Baumwolle erstanden (ich habe versucht, den Preis herunterzuhandeln, leider ohne Erfolg), dazu ein pflaumenfarbenes gestreiftes Hemd mit farbig abgestimmter Krawatte. Der Attaché war an der Glastür der Boutique stehengeblieben, zusammen mit einem baumlangen Kerl in verschossenem Beige, der sehr wichtig tat und den er mir als Abgesandten des Präfekten vorstellte. Ihren Blicken habe ich entnommen, daß mein Aufzug wohl zu aufgedonnert für ein Foto war, dabei hatte ich mich eigens für sie so in Schale geschmissen. Jedenfalls hat der Blaßbeige gesagt, keine Fotos, wegen der veränderten Sachlage. Und tatsächlich roch es in der Halle nach Fisch, aber da ich zum erstenmal ein Flugzeug nahm, bemühte ich mich, mir meine Verwunderung nicht anmerken zu lassen.

»Bis zum bitteren Ende werden sie uns mit diesem Hafen verrückt machen!« hat der Abgesandte des Präfekten gepoltert.

»Ich muß mal telefonieren«, hat der Attaché für Humanitäres erwidert. »Dauert nur zwei Minuten.«

Er hat den anderen gebeten, auf mich aufzupassen, und ist in Richtung der Telefonzellen verschwunden, während die Polizisten weitere Barrieren aufstellten, um die Fluggäste von den immer zahlreicher werdenden Demonstranten zu trennen.

»Mari-gnane-ge-hört-uns!« skandierten die Arbeiter der Fischkonservenfabrik unter ihren Spruchbändern und schütteten kanisterweise Bouillabaisse auf die Erde.

»Es lebe Sud-Marine!« plärrte ein Megaphon.

»Da haben Sie sich ja den richtigen Zeitpunkt ausgesucht«, hat mir der Blaßbeige mürrisch vorgehalten.

Ich habe nicht gesagt, daß ich mir überhaupt nichts ausgesucht hätte, sondern gefragt, ob die Flugzeuge trotzdem starten würden.

»Und ob!« hat er nur gemeint und mir den Rücken gekehrt.

Hinter den Fernsehkameras, die soeben bei der lärmenden Menschenmenge in Position gebracht und sofort mit mobilen Absperrgittern eingezäunt wurden, habe ich die Fotografen von *Provençal* und *Méridional* entdeckt, die sich gegenseitig bedrängten, um dasselbe vor die Linse zu bekommen, nämlich den Delegierten der Hafenarbeiter, der versuchte, der Dame von der Information das Mikrofon zu entreißen. Bäuchlings auf der Schreibplatte eines Abfertigungsschalters liegend, nahm der Typ von *Match* das vor den herunterrasselnden Eisengittern der Boutiquen in Reih und Glied aufmarschierte Mobile Einsatzkommando der Polizei aufs Korn, das jetzt das Visier ihrer Helme herunterklappte. Ich war, soviel stand fest, völlig nebensächlich geworden. Anstelle der Reportage über meine wohlwollende Ausweisung würde ein Bericht über die Niederknüppelung der aufgebrachten Hafenarbeiter erscheinen, die mit der Besetzung des Flughafens den autonomen Hafen retten wollten. Sie waren fotogener als ich.

»Außer Betrieb«, hat Jean-Pierre Schneider gesagt und mich mit sich gezogen. »Ich versuch's auf der anderen Seite.«

Wir haben uns zur Paßkontrolle begeben, unter den Parolen der Lautsprecher, die sich anhörten wie Marseille, dein Hafen geht nicht schlafen, und dem Chor der Werftarbeiter, die Hello, Sud-Marine sangen und geschlossen mit ihren Spruchbändern vorrückten, auf die Ordnungskräfte zu, die darauf warteten, daß die Kameras abgezogen wurden.

In der Abflughalle ging es ruhiger zu. Während der Attaché die Telefonkabinen durchprobierte, habe ich mich auf eine Metallbank gesetzt. Der Gesang der Protestler klang in mir nach, wehmütig, wie eine Bekundung von Solidarität mit ihnen in ihrem Bemühen, unseren Hafen vor dem Todesstoß zu bewahren. Obwohl ich mir nichts vormachte: Selbst wenn man ihn rettete, würde ich nie wieder »unseren« sagen. Schmerz setzt nicht immer dort ein, wo man ihn erwartet. Die Tränen, die ich um Lila nicht vergossen hatte, brannten mir jetzt in den Augen beim Gedanken an die alten Docks und an die Nutten, die dort bei Sonnenuntergang, wenn die Möwen vom Meer her nach Estaque ziehen, in Stellung gingen. Gab es wenigstens Möwen am anderen Ende des Meeres?

Man hat uns schubweise nach Nummern durch eine Art beweglichen Tunnel Richtung Rollfeld gelotst. Der Attaché, der seine Frau noch immer nicht erreicht hatte, schwenkte aufgeregt seinen Diplomatenkoffer. Ich tat das gleiche mit meiner Rodier-Airport-Tragetüte, in der ich letztendlich doch meinen Verlobungsanzug verstaut hatte; es ist immer gut, ein Andenken, selbst ein grausames, aufzubewahren.

Ich hatte vorgehabt, beim Überqueren des Rollfelds meine Lungen mit den Gerüchen meiner Stadt vollzupumpen, mit diesem Gemisch von heißem Öl und Lavendel und dem Gestank von faulen Eiern, der vom Berre-Weiher herüberweht, aber der Tunnel war direkt mit dem Flugzeug verbunden. Vielleicht war es besser, den Abschied kurz zu machen. Wenn man zum erstenmal verreist, weiß man nicht, wie man sich verhalten soll.

Ich habe mich auf den Airbus konzentriert, der immerhin etwas Neues für mich war, auch wenn sich das Einsteigen ähnlich vollzog wie das in eine Grüne Minna. Ihre Nummer, weitergehen, setzen Sie sich dorthin, Rauchen verboten. Ältliche Stewardessen und kein Platz für die Beine. Eingeklemmt zwischen Vordersitz und den Knien des Kerls hinter mir, war ich einigermaßen enttäuscht, weil die Flugzeuge, die man im Kino präsentiert bekommt, vor allem in *Emmanuelle*, völlig anders aussahen. Aber ich war ja nicht zum Vergnügen hier.

Urplötzlich ist der Attaché wieder aufgestanden und

über mich hinweggestiegen. Er müsse nochmals telefonieren und sei gleich wieder da. Ich hoffte doch sehr, denn wenn er nicht da war und mich unter seine Fittiche nahm, hatte ich in meinem Land eigentlich nichts verloren. Um nicht ins Grübeln zu verfallen, habe ich, während ich auf ihn wartete, mit meinem Klapptischchen gespielt. Eine Stewardeß ist gekommen und hat gesagt, ich soll damit aufhören und meine Rückenlehne für den Start senkrecht stellen. Ein Mann auf der anderen Seite des Ganges hat ihr daraufhin zugerufen, Irrtum! doch nicht in diesem Flugzeug; bei diesem kann man die Rückenlehnen nicht verstellen, und unerhört, diese ewigen Verspätungen und niemals irgendwelche Hinweise. Als Antwort hat sie ihn auf das Rauchverbot aufmerksam gemacht, worauf er ihr geraten hat, sich um ihren eigenen Dreck zu kümmern, und andere haben ihm beigepflichtet. Darauf sie: Ich tue nur meine Pflicht, Monsieur. Eben, ist es vielstimmig zurückgekommen, sie hätten aber Urlaub und keine Lust, sich wie Dorftrottel behandeln zu lassen. Ich muß sagen, daß ich die Stimmung bei der Air France nicht besonders fand.

Als mein Attaché zurückkam, wirkte er noch nervöser und aufgelöster als vorher. Vielleicht war er mit seinem Anruf diesmal durchgekommen. Mit vor Ärger zusammengebissenen Zähnen hat er sich wieder hingesetzt, ist erneut aufgestanden, hat mich unfreundlich aufgefordert, mich ans Fenster zu setzen, damit ich wenigstens einen Blick auf die Landschaft werfen kann, und ihm zuliebe habe ich das getan, obwohl ich nicht verstand, warum er deswegen sauer war. Er hat ein elektronisches Spiel herausgezogen, das ihm als Notizbuch diente, und hat sich, um meine Anwesenheit zu vergessen, mit seinem Arbeitsplan der letzten Monate befaßt. Ich konnte gar nicht schnell genug aus Frankreich herauskommen und sagte mir, ein Abstecher in ein anderes Land würde ihm gewiß guttun.

Beim Start hatte ich wahnsinnige Angst, auch wenn ich sie so gut wie möglich unterdrückt habe. Selbst wenn man sich immer wieder sagt, daß der Pilot schon weiß, was er tut, wird einem immerhin der Boden unter den Füßen weggezogen, und dann *inschallah.* Dieser Begriff ging mit einem eigenartigen Nachgeschmack einher, er hatte sich mir unwillkürlich aufgedrängt, ganz einfach so. Das war wohl bereits die Heimatluft.

Ich habe die Sicherheitsvorschriften für den Ernstfall studiert, um nicht auf das unter mir liegende Marseille zu schauen: Dieser Anblick sollte nicht meine letzte Erinnerung sein. Dann schon eher die Demo in der Abflughalle. Sie war eine Zusammenfassung all dessen, was mir auf der Seele lag: gebrochene Versprechen, Aufruhr ohne Hoffnung, die Gleichgültigkeit der anderen. Ich wußte nicht, ob für mich ein neues Leben begann; fest stand, daß das vorhergehende mausetot war. Schon allein das war ein Hoffnungsschimmer.

Als auf einen zarten Gongschlag hin die kleinen Leuchttafeln mit dem Hinweis, sich anzuschnallen, erloschen sind und die Stewardeß wieder erschien und am Schnürchen eines nicht aufgeblasenen Rettungsrings zog, den sie sich um den Hals gehängt hatte, hat Jean-Pierre Schneider sein Klapptischchen ausgefahren. Ich habe nicht gewagt, ihm zu sagen, daß das verboten ist und daß die Stewardeß schimpfen würde. Ein Attaché für Humanitäres war schließlich etwas Höheres als eine Stewardeß. Er hat sich meine Akte vorgenommen und nichts mehr gesagt. Um ihn nicht zu stören, habe ich mich schlafend gestellt.

Als ich aufgewacht bin, befanden wir uns noch immer in den Wolken, und der Pilot gab bekannt, in Rabat sei das Wetter schön. Der Attaché hatte meine Akte zugeklappt und schrieb jetzt an einem Brief, mit deutlichen Anzeichen von Zorn. Der Brief begann mit »Clémentine«, für mich der schönste Vorname für eine Frau überhaupt, aber das habe ich ihm wohlweislich nicht gesagt, das ging mich nichts an. Erst als er alles wieder durchstrich, habe ich mir die Freiheit genommen, die Zeilen zu lesen. Wenn sie sowieso dazu bestimmt waren, im Abfall zu landen, war das weniger indiskret. Sie lauteten:

»*Clémentine, ich weiß, daß Du* (durchgestrichen) *trotz allem, etwas in mir* (durchgestrichen) *und Deine Stimme* (durchgestrichen) *Gib mir eine Chance* (durchgestrichen) *Dir zu sagen* (durchgestrichen).«

Er ertappte mich und deckte hastig das Blatt ab.

»Nur zu, genieren Sie sich nicht!«

»Verzeihung«, habe ich gesagt. »Ich habe nicht gelesen, nur draufgeschaut.«

»Sie haben doch Ihr Fenster!«

Ich preßte die Nase ans Bullauge und starrte in den Himmel, habe aber doch genau gehört, wie er das Blatt zerriß und sein Tischchen wieder hochklappte. In den vorbeiziehenden Wolken habe ich nach dem Gesicht Ausschau gehalten, das seine Clémentine haben mochte.

»Entschuldigen Sie, Aziz. Die Anspannung ...«

Ich habe nichts darauf erwidert. Nach einer kurzen Pause hat er weitergeredet:

»Ich bin im Begriff, mich scheiden zu lassen. Ich möchte nicht darüber sprechen.«

Das ist nicht weiter schlimm, habe ich gesagt, das heißt, wahrscheinlich doch, aber ich hätte Verständnis dafür, das sei etwas Persönliches. Um ein Haar hätte ich ihm von meinem Verlobungsessen erzählt, um damit anzudeuten, daß er nicht der einzige war, der mit seinem Schicksal haderte, aber er kam aus anderen Kreisen, unsere Geschichten hatten bestimmt nichts miteinander zu tun.

»Clémentine heißt sie«, hat der Attaché aufgeseufzt.

Ich habe auf erstaunt gemacht und ihn dann zu dem schönen Vornamen beglückwünscht. Wie die Frucht, habe ich gesagt, und daß Marokko das Land der Clementinen ist. Nur um irgend etwas zu sagen. Ich war mir nicht einmal sicher, ob dem so war. Er hat völlig überraschend auf die Armstütze zwischen uns geschlagen, worauf der versenkbare Aschenbecher ausgefahren ist und eine Zigarettenkippe ausgespuckt hat, genau auf meinen Schoß. Der mißgelaunten Aufseherin, die gerade vorbeiging, habe ich erklärt, daß ich nicht rauche und daß das der Aschenbecher gewesen sei.

»Ich versteh nicht, ich versteh einfach nicht, was da passiert ist und *wie* so etwas hat passieren können!« ereiferte sich der Attaché in Zwiesprache mit sich selbst, mit ausgebreiteten Händen den Sitz vor ihm als Zeugen anrufend.

Er spielte wohl auf seine Probleme mit Clémentine an. Dabei ergibt sich so etwas oft von ganz allein, dagegen ist nichts zu machen. Vorgestern morgen hatte ich zum Auftakt meiner Verlobung nichtsahnend einen Aperitif zu mir genommen, und heute war ich der Vorzeige-Illegale, der Modell-Ausgewiesene, der auf das Land seiner falschen Papiere zuflog, in Begleitung eines Mannes, der nicht verstand, warum ihn seine Frau nicht mehr liebte. Man hatte uns wahllos herausgepickt, den einen wie den anderen, und dennoch waren wir uns ähnlich. Das war gewissermaßen unsere Rache.

Auf der anderen Seite des Gangs hatte eine junge Frau die linke Brust freigemacht, um ihren Säugling zu stillen, und prompt wurde mir ganz elend zumute, weil Lila nicht da war, das schönste Mädchen, mit dem ich zusammengewesen war, wenn auch das einzige. Sie hat sich wieder in meine Arme gekuschelt, unter dem Felsen des Freiluftsportzentrums, und ich habe die Hände unter ihren Badeanzug geschoben. Ich habe die Augen aufgerissen, damit das Bild verschwindet. Die junge Frau gegenüber war sanft und blond, ein wenig wie Clémentine, und verheiratet mit einem Araber, der mir zugelächelt hat. Er schien anzunehmen, daß ich was mit Jean-Pierre Schneider hatte, der ebenfalls blond war; somit bestand eine Gemeinsamkeit zwischen uns.

»Haben Sie Kinder, Monsieur l'Attaché?«

Er hat nur die Schultern gezuckt. An seinem starren Blick und dem vorgeschobenen Kinn habe ich gemerkt, daß ihn der Anblick des Babys gegenüber ebenso verwirrte wie mich. Er zog eine Zigarette heraus, starrte sie eine Weile unverwandt an, um sie dann so gewaltsam wieder in die Schachtel zu zwängen, daß dadurch die anderen zerdrückt wurden. Unvermittelt wandte er sich mir zu:

»Was bilden die sich eigentlich ein? Daß ich dazwischenfunke, verhindere, daß sie sich treffen? Komme mir bloß keiner damit, sie hätten Angst gehabt! Als sie sagte, da gebe es einen, habe ich klar Schiff gemacht und bin ausgezogen! Mit einem Koffer und meinem Laptop bin ich ins Hotel gegangen. Jawohl! Was blieb mir denn auch anderes übrig?«

»Keine Ahnung«, habe ich mitfühlend gesagt.

»Hätte ich vielleicht kämpfen sollen, he?, zum Gegenangriff übergehen, einen Detektiv anheuern, sie zusammen fotografieren lassen, als erster die Scheidung einreichen, Loupiac meinen Rücktritt um die Ohren knallen? Oder was?«

Hin und wieder handelt man eben überstürzt, habe ich geantwortet, und daß man nun mal seinen Stolz hätte.

»Loupiac ist ihr Geliebter. Stellvertretender Leiter der Presseabteilung im Ministerium. Er hat mich für diese Mission abstellen lassen, um freie Bahn zu haben. So, jetzt wissen Sie alles.«

Ich war ihm dankbar. Wir waren uns wirklich ähnlich, wir beide, und irgendwie in der gleichen Situation – nur daß er weiterhin annahm, unsere Reise würde uns an ein festgelegtes Ziel führen.

»Empörend ist das«, hat er gemeint, mit der Stimme der Resignation. »Was soll's.«

Er hat sich wieder die Akte geschnappt, auf der mein Name verkehrt herum vermerkt war, Kemal Aziz, wie in der Schule. In meiner Schwermut hat der Geruch von Tinte und Heftschonern die Sehnsucht nach Lilas Körper abgelöst. Mit krampfhafter Begeisterung, wie man sie an den Tag legt, wenn man im Fernsehen die Fußballübertragung einschaltet und hofft, dadurch seine Sorgen zu vergessen, hat er gesagt:

»Jetzt aber wieder zu dir, Aziz.«

Meinen Vornamen bei seiner Aussprache zu verstehen, war gewöhnungsbedürftig. Schroff klang das, kurz, grob. Bei den Tsiganes hatte er sich immer wie »Azi-zö« angehört. Marseille war bereits so weit weg. Wie lange es wohl dauern würde, bis ich meinen Akzent ablegte? Er unterbrach meine Gedanken:

»Tut mir leid, daß ich dich mit meinem Kummer behellige.«

Das ist doch nicht weiter schlimm, habe ich gesagt, im Gegenteil, mir sei es lieber, wenn er über sich spreche, wenn er mich ein bißchen von seiner vornehmen Clémentine träumen lasse, die für mich immer blonder wurde und im Gegensatz zu Lila kurze Haare hatte. Aber mir fehlte die Kulisse, um mir das Leben der beiden vorzustellen.

»Woher stammen Sie, Monsieur l'Attaché?«

»Du kannst ruhig du zu mir sagen, das ist doch in deinem Land so üblich. Ich habe nichts dagegen.«

Ich habe mir verkniffen, ihm zu antworten, daß ich für meinen Teil sehr wohl etwas dagegen hatte, wenn er mich duzte. Ich hatte eine so wunderschöne Erinnerung an mein halbes Jahr in der sechsten Klasse, als man zum erstenmal »Sie« zu mir sagte ... Nach einer Weile ist er von sich aus wieder zum Siezen übergegangen und fühlte sich sichtlich wohler dabei. Immerhin hat er ausdrücklich betont, ich solle ihn doch anstatt mit »Monsieur l'Attaché« mit »Monsieur Schneider« ansprechen oder gleich »Jean-Pierre« nennen, und daß seine Adresse Boulevard Malesherbes laute, das heißt die der ehelichen Wohnung, was jetzt allerdings nichts mehr zu bedeuten habe, da sie seiner Frau gehöre.

»Gewissermaßen geht es mir wie Ihnen, Aziz.«

Ich habe eine Weile geschwiegen, um ihm Gelegenheit

zu geben, dieses »gewissermaßen« näher zu erklären. Es war eine Situation so ähnlich wie in der Schule, und das tat mir gut. Es erinnerte mich an die Realschule Emile-Ollivier, wo mein Leben sozusagen zum erstenmal zum Stillstand gekommen war, an dem Tag, als ich meine Klasse verlassen hatte. Es kam mir vor, als kehrte ich aus den Ferien zurück, aus großen Ferien, die sieben Jahre gedauert hatten.

Schließlich hat sich der Attaché wieder meine Akte vorgenommen, um sich in meinen Fall zu vertiefen, und ich habe mich gefragt, wozu eigentlich, wo ich doch leibhaftig neben ihm sitze. Er hat einen Seufzer ausgestoßen.

»Ehrlich gestanden und unabhängig von meiner persönlichen Situation und der Überschneidung mißbillige ich derlei Vorgehensweisen. Nicht grundsätzlich, nein, jede humanitäre Mission ist an sich zu begrüßen, ich gehöre nicht zu denen, die sich darüber mockieren, aber diese Eile ... Erst habe ich monatelang die entscheidenden Unterlagen über die Verbreitung der französischen Sprache in Vietnam gesichtet, für das französische Kulturinstitut, verstehen Sie mich bitte nicht falsch, aber danach wundert man sich schon, in welch verheerendem Licht sich unsere Außenpolitik darstellt. Ich stecke in einer moralischen Krise, ich hätte unbedingt in Paris bleiben sollen, außerdem ist es ein Unding, Sie in zwei Tagen wieder einzugliedern, private Schwierigkeiten hin und her, tut mir wirklich sehr leid, sie vor Ihnen auszubreiten, aber Sie sehen ja, unter welchen Voraussetzungen man mir dies hier übertragen hat, unabhängig von Loupiacs Machenschaften; die Medien zwingen uns zu Gott weiß was – nichts für ungut … Dabei habe ich überhaupt keine Zeit gehabt, mich vorzubereiten. Und Marokko kenne ich auch nicht.«

Fabelhaft. Das fing ja gut an mit uns beiden.

»Haben Sie ein Foto?« habe ich gefragt.

»Ein Foto?«

»Ein Foto von Madame Schneider. Ich kann Ihnen eins von Lila zeigen, meiner Verlobten. Sie hat mich kürzlich verlassen.«

Er hat gezögert, eine Augenbraue über die Brille hochgezogen, und dann hat er aus seiner Brieftasche ein winziges Paßfoto herausgeholt, das hinter seinen Kreditkarten versteckt war. Er hat es mir hingehalten, wie man jemandem seine Wasserflasche reicht und dabei an die Bakterien denkt. Ich habe einen Blick darauf geworfen und mich bemüht, meine Enttäuschung zu verbergen: Häßlich war sie, mit kalten Augen, einem verkniffenen Mund, plumpem Kinn, braunem Haar. Was zu ihm paßte, war eine Blonde. Ich habe noch einmal zu der jungen Frau gegenüber geschaut, anders jetzt, weil ich sie nicht mehr brauchte, um mir Clémentine vorzustellen, übrigens ein alberner Vorname, wie Orange oder Banane.

Die Blonde hat meinen Blick aufgefangen. Ich habe sie angelächelt, höflich, und sie hat mein Lächeln erwidert, automatisch, so wie man gähnt, wenn man andere gähnen sieht. Ihr Mann dagegen war der Meinung, das reiche jetzt; er hat ihr das Baby abgenommen, um deutlich zu machen, daß es seins war, und die Brust ist im Büstenhalter verschwunden. Also habe ich Lila aus der Tasche meines zerknitterten Verlobungsanzugs in der Tragetüte herausgekramt. Auch sehr hübsch, hat der Attaché gesagt und mir das Foto zurückgegeben. Ich habe es zerrissen, einfach so, ohne groß zu überlegen, aus Solidarität, und ihn dabei angeschaut. Völlig perplex hat er mich angestarrt und dann versucht, seinen zitternden Lippen ein Lächeln abzuringen, und dann hat auch er Clémentine in zwei Teile zerlegt – aber ich habe genau gemerkt, daß er das nur meinetwegen tat, er hat nämlich die beiden Schnipsel in seine Jackentasche geschoben. Und im Befehlston eines Trainers, so als wären wir wieder ganz Männer unter sich, gesagt:

»Erzählen Sie mir was über Irghiz.«

Ich habe seine Anweisung in Form einer Frage wiederholt, um Zeit für eine Antwort zu gewinnen. Mir wäre wirklich lieber gewesen, wenn wir weiterhin über ihn gesprochen hätten – andererseits war ich schließlich der Anlaß für diese Reise. Und dann weiß ich nicht, was in mich gefahren ist. Die Realschule Emile-Ollivier mit den vergammelten Türen spukte mir im Kopf herum, die mit Graffitis besprühten Wände, die handfesten Keilereien zwischen den einzelnen Klassen, die Feuerlöscher in den Gängen und mittendrin Monsieur Giraudy, schon etwas älter und durchaus froh darüber, weil dieses Durcheinander für ihn, der ganz woanders herstammte, derart unerträglich und traurig war – kurz und gut, ich habe wieder so intensiv an meinen nicht mehr vorhandenen Atlas gedacht, mein Abschiedsgeschenk, daß ich, ohne es zu wollen, zu erzählen begonnen habe. Anfangs stockend, widerstrebend, dann gewann ich zusehends an Sicherheit. Es war die Geschichte der grauen Menschen aus Kapitel 12, die fernab für sich in einem Tal lebten, ohne Zufahrtsstraßen und Fortschritt, in einem grünen Paradies mit prähistorischen Blumen, die weiterhin im Schutze der kahlen Berge wuchsen, in einem Paradies, von dem der Tourist nichts ahnte, weil die grauen Menschen ihr Tal unter dem Siegel der Verschwiegenheit von Generation zu Generation weitervererbten. Niemand verließ es je, abgesehen von den Wächtern, deren Aufgabe es war, die Forscher zu verscheuchen, damit sie uns nicht entdeckten. Ich hatte meiner Geschichte die von *Firdaws al m'fkoud*, dem verlorenen Paradies, zugrunde gelegt, die während der Flucht des Propheten Mohammed nach Medina spielt; nur hieß mein verschwiegenes Tal Irghiz, und ich war der erste der grauen Menschen, der es verlassen und sich nach Marseille aufgemacht hätte.

Der Attaché lauschte mit Augen so groß wie Untertassen.

»Warum?« hat er mit hohler Stimme gefragt, und mir war klar, daß er, wäre er ein grauer Mensch, das Tal niemals verlassen hätte.

Ich habe erwidert, was mir gerade in den Sinn kam:

»Weil das Tal wegen der neuen Straße durch das Gebirge verschüttet wird. Sie haben mich geschickt, um Hilfe zu holen.«

Er hat überhört, daß ihm die Stewardeß einen Orangensaft anbot, ehe sie mit einem Schulterzucken weiterging. Ich hätte gern einen Orangensaft getrunken, mein Mund war völlig ausgetrocknet, aber möglicherweise waren Getränke auf den Flügen der Air France den Franzosen vorbehalten. Etwas verärgert habe ich gesagt:

»Niemand schert sich um Irghiz. Auch wenn es keiner kennt, so ist es doch das schönste Fleckchen auf der Welt. Und es muß gerettet werden.«

»Warum haben Sie das nicht dem Reporter von *Match* gesagt?« hat sich Jean-Pierre ereifert.

Weil es doch ein Geheimnis ist, habe ich erwidert, ich hätte sowieso schon viel zuviel verraten – die Geschichte in meinem Atlas endete hier. Wieso nur hatte ich ausgerechnet sie gewählt und nicht eine andere? Diese hier war wirklich nicht die geeignetste, auch wenn sie einen zum Träumen verleitete. Man brauchte sich nur den Attaché anzusehen.

»Dann ... muß ich Sie wohl dorthin zurückbringen?«

In seiner Stimme schwangen Panik und gleichzeitig auch eine kindliche Begeisterung. Mir ging dabei das Herz auf, denn ich hatte eigentlich vorgehabt, mit Lila, wenn sie erst einmal Witwe war, Kinder zu haben, denen ich dann meine Geschichten erzählen könnte und die sie glauben würden – anstatt mit zehn Jahren Handtaschen zu klauen, worin normalerweise ihre Ausbildung bestehen würde. Die Realität behält letzten Endes immer die Oberhand, und es ist besser, wenn sie so spät wie möglich zum Zuge kommt.

»Moment mal, Moment mal«, sagte der Attaché und nestelte seine Krawatte auf, »jetzt begreife ich überhaupt nichts mehr. Warum ausgerechnet Marseille? Sie verlassen Ihr von der Welt abgeschnittenes Tal und begeben sich nach Marseille?«

Mir wurde klar, daß meine Geschichte Lücken hatte. Also habe ich ihm erklärt, daß einer der Stammesältesten einen Professor an der Universität von Marseille kennt, Monsieur Giraudy, und der wußte, wie ein Erdrutsch zu vermeiden wäre, und mein Auftrag sei gewesen, Monsieur Giraudy zu beschwören, uns mit seinen Leuten zu Hilfe zu kommen.

»Aber wie kann der Alte diesen Professor kennen, wenn er doch niemals sein Tal verlassen hat?«

Er ging mir langsam auf den Geist. Über eine Geschichte streitet man nicht; man hört sie sich an. Nur daß er alles für bare Münze nahm. Ich war überrascht, wie leicht er mir glaubte. Vielleicht hatte er sich in meine Lage versetzt und konnte sich einfach nicht vorstellen, daß ich ihm für nichts und wieder nichts etwas vorflunkerte. Zumal er mir doch behilflich sein wollte, mich in einer aufstrebenden Region wieder einzugliedern. Für mich ging es immerhin darum, daß er mir mit seinem ministeriellen Einfluß die Türen öffnete; kein Grund also, ihn in einen Traum hineinzuziehen, in dem ich ihm nichts zu bieten hatte.

»Das war wegen dem Hubschrauber«, habe ich gesagt.

»Wegen dem Hubschrauber?«

»Ja. Monsieur Giraudy ist mit dem Hubschrauber das Gebirge abgeflogen und über uns abgestürzt. Wir haben ihn mit Hilfe unserer Wunderkräuter gesund gepflegt, und er hat gesagt: ›Ich bin Professor an der Universität von Marseille und Spezialist für die ungelösten Rätsel der Erde. Solltet ihr eines Tages Hilfe benötigen, dann sucht mich auf, denn ich verdanke euch mein Leben.‹ Und bevor er wieder aufbrach, hat er noch geschworen, unser Geheimnis zu bewahren.«

Ich freute mich, Monsieur Giraudy, meinen ehemaligen Erdkundelehrer, wiedererweckt, ihn zu einem Indiana Jones hochgejubelt zu haben. Er hatte es wahrlich verdient.

»Nur daß jetzt die ganze Welt von der Existenz der grauen Menschen erfahren muß, damit eine Kette der Solidarität gebildet und das Tal gerettet werden kann!« Der Attaché war Feuer und Flamme. »Darum geht's doch! Sie sind mir vielleicht einer! Wenn ich daran denke, daß wir den Kerl von *Match* an der Angel hatten! Wir hätten ihn mitnehmen können, für eine umwerfende Reportage, und ich hätte Sie als militanten Ökologen wieder eingliedern können, als den Retter von Irghiz, Frankreich hilft Marokko, ein archäologisches Kleinod zu bewahren – aber das läßt sich alles nachholen, in der nächsten Nummer, und das Fernsehen setze ich auch sofort drauf an. Gibt es dort Telefon?«

»Wo?«

»In Irghiz.«

Ich habe derart darüber lachen müssen, wie gut er sich bereits in meine Geschichte eingelebt hatte, daß ich ihn ab sofort als meinen Kumpel betrachtete. Er war für mich Schneider, genauso wie es vor ihm Pignol gegeben hatte. Freundschaften brauchen eben etwas Zeit, ist ja auch ganz normal: Bis vor kurzem hatte ich noch mit Autoradios gehandelt und einen Polizisten beschützt; jetzt schwebte ich in den Wolken, auf dem Weg in ein unbekanntes Land, in dem ich, als meine angebliche Herkunft getarnt, meine Erzählung angesiedelt hatte, und beschützte einen Intellektuellen, der eines Traums bedurfte, um seine Frau zu vergessen.

Als ich mich wieder gefangen hatte, fiel mir auf, daß er bekümmert war. Dieser Bursche besaß trotz Bürodaseins und allgemeiner moralischer Krise Herz und schämte sich wegen seines Telefons, weil ich ihm von einem Paradies erzählt hatte, in dem es echte menschliche Beziehungen zu geben schien; möglicherweise hätte er dort, an einer Quelle in einer Grotte, von der Welt abgeschnitten, seine Clémentine nicht verloren. Ich konnte mir gut vorstellen, welche Gewissensfrage ihn bewegte: Sollte er Irghiz retten und in einen Club Med umgestalten oder den Ort seiner Schönheit überlassen, ohne Hand an ihn zu legen?

Zusammen mit Lila war ich einmal in einen Film geraten, reinweg aus Versehen. Wir wollten uns den *Terminator* anschauen, in einem riesigen Kinokomplex, und vor lauter Korridoren haben wir die Eingänge verwechselt und sind in einer Art langgestrecktem Keller gelandet, wo man einen Dokumentarfilm über Rom zeigte. Der so absonderlich war, daß wir eine Weile geblieben sind. Wir bekamen eine Szene mit, in der U-Bahn-Bauarbeiter beim Ausschachten ihres Tunnels auf eine Höhle mit prähistorischen Wandmalereien stoßen. Und noch während die Arbeiter unbeweglich und mit verklärten Gesichtern darauf starren, verblassen die Malereien, ihretwegen, unter dem Einfluß des Sauerstoffs, der mit ihnen eingedrungen war. Auch Jean-Pierre fühlte sich schuldig. Noch ohne mein Tal zu kennen, machte ihm zu schaffen, was an Unheilvollem er ihm antun könnte.

Ich habe am Knopf für die Luftzufuhr über mir gedreht. Wirklich verrückt, was eine Geschichte vermag, wenn man sich die Mühe machte, sie für wahr zu halten. Dazu kam, daß mein Attaché tüchtiger war, als er ahnte. In nicht einmal einer Stunde hatte er mich wieder eingegliedert: Ich war ein arabischer Märchenerzähler.

Jean-Pierre hat den Knoten seiner Krawatte zurechtgerückt, um sich gegen die von mir in Gang gesetzte Lüftung zu schützen. Als ich sie abstellte, hat er die Brauen gerunzelt und sich ein wenig näher zu mir gebeugt:

»Aziz … sagten Sie nicht, Sie haben mit Autoradios gehandelt?«

»Nicht gehandelt: geklaut habe ich sie.«

Dieses Geständnis ist mir, ohne es zu wollen, wie selbstverständlich über die Lippen gekommen. Ich bedauerte das Mißgeschick, bis ich merkte, daß diese Art unfreiwillige Ehrlichkeit Irghiz noch glaubhafter und aus mir einen überzeugenden Märchenerzähler machte. Nach kurzem Verblüfftsein hat Schneider meine Bemerkung wie eine Fliege verscheucht:

»Das geht mich nichts an. Von Ihrer Vergangenheit als Illegaler in Marseille will ich nichts wissen, das existiert für mich nicht, ich bin nicht von der Polizei. Was mich vielmehr interessiert, ist Irghiz. Woher Sie stammen und wie sich Ihre Zukunft gestaltet.«

Ich habe wieder zu der Blonden hinübergeschielt, die jetzt die rechte Brust freigemacht hatte, und beim Anblick des nuckelnden Säuglings überkam mich der große Katzenjammer: Sie hatte eine gesicherte Zukunft, während ich mich in eine Geschichte verstrickte, die sich als Fehlgeburt, als faustdicke Lüge entpuppen würde, sobald wir Marokko erreichten und Jean-Pierre mich nach dem Weg fragte. Jedenfalls hatte ich nicht die Absicht, ihn einen Monat lang auf der Suche nach einem blödsinnigen Tal durch die Gegend zu hetzen, nur damit sich jeder in meinem Land über ihn lustig machte und seine Vorgesetzten ihn wegen der damit verbundenen Kosten maßregelten. Es war besser, zu einer sanften Landung anzusetzen. Immerhin hatten wir ein paar angenehme Stunden miteinander verbracht.

»Ich muß Ihnen etwas gestehen, Monsieur ...«

»Nennen Sie mich Jean-Pierre.«

»Ich muß Ihnen etwas gestehen, Jean-Pierre ... Monsieur Giraudy war in Wirklichkeit Erdkundelehrer an der Realschule Emile-Ollivier, weiter nichts.«

»Schweinerei, verdammte!« hat sich Jean-Pierre, offensichtlich ehrlich empört, Luft gemacht. »Sie haben ihn in Marseille ausfindig gemacht, und als Sie kapiert haben, daß er Ihnen einen Bären aufgebunden hat, daß er nicht der große Archäologe war, wie er behauptet hatte, sind Sie darauf verfallen ... Sie standen doch mit leeren Händen da. Und haben sich nicht getraut, unverrichteter Dinge nach Irghiz zurückzukehren.«

Meine Geschichte hatte ihn wirklich auf den Geschmack gebracht. Es war hart, ihm den Bissen zu entreißen, und grausam dazu; ich selbst hatte mich ja für mein verlorenes Tal stark gemacht. Aber mir blieb keine Wahl. Leise habe ich gesagt:

»Monsieur Schneider, Irghiz gibt es gar nicht.«

»Ja, natürlich. Ich weiß: das Geheimnis, der Schwur ... Ich respektiere eure Traditionen, keine Frage, aber wir müssen trotzdem etwas unternehmen. Ich werde euch helfen!«

Allmählich wurde es des Guten zuviel. Andererseits stand zu hoffen, daß er gleich nach unserer Landung seine Frau anrufen und mein Tal vergessen würde. Ich könnte untertauchen, ohne seinen Traum zunichte zu machen; das wäre das beste für uns beide. Mein Leben war vorgezeichnet, wie man so schön sagt, ich würde eben in einem anderen Land Autoradios klauen und er in sein Ministerium zurückkehren und sich mit seiner Frau versöhnen. Mochte ich auch mit meiner Geschichte seinen Horizont erweitert haben, ich hatte keine Lust, den U-Bahn-Bauarbeiter zu spielen, der wegen eines Hauchs frischer Luft die Spuren der Vergangenheit auslöscht.

»Es gibt kein Irghiz«, habe ich nochmals gesagt.

»Und was war ursprünglich Ihr Beruf dort unten?«

Wirklich verbohrt, dieser Kerl. Um ein für allemal einen Schlußstrich zu ziehen, habe ich losgelegt, daß ich aus Marseille stamme und als Kleinkind in einem Ami 6, daher mein Vorname, angefahren worden bin und daß das Tal der grauen Menschen nichts weiter ist als eine Geschichte aus dem Atlas, den mir Monsieur Giraudy geschenkt hat, an meinem letzten Schultag, bevor ich Autoknacker wurde. Er lächelte nachsichtig, jetzt restlos überzeugt, daß das, was ich über Irghiz gesagt hatte, der Wahrheit entsprach. Und fragte nochmals:

»Welchen Beruf haben Sie früher ausgeübt?«

Ich habe einen Seufzer ausgestoßen. Er hat mein Schweigen für was weiß ich gehalten, jedenfalls hat es ihn bewogen, seinerseits mit Vorschlägen herauszurücken:

»Handwerker ... Bauer ... Hirte?«

Es hatte einfach keinen Sinn, die Dinge zurechtzurücken; meine Abwehrhaltung bestärkte ihn nur in seiner Überzeugung. Von dem Augenblick an, da er beschlossen hatte, meiner Erzählung Glauben zu schenken, erhöhte jeder meiner Rückzugsversuche den Reiz des gehüteten Geheimnisses, das ich leichtsinnigerweise preisgegeben hatte.

»Niemand arbeitet in Irghiz«, habe ich ihn in schneidendem Ton beschieden. »Wir sammeln Früchte, jagen, trinken aus der Quelle.«

»Gewiß … verstehen Sie mich doch … Tut mir leid, wenn ich mich an lächerliche Einzelheiten klammere, aber zu meinem Auftrag gehört auch, daß ich in Paris einen Bericht vorlege, aus dem hervorgeht, daß Sie in Ihrer angestammten Heimat Arbeit gefunden haben. Wenn Sie also nicht wollen, daß Irghiz existiert und daß man es rettet, meinetwegen, aber was erzähle ich dann meinen Vorgesetzten? Das ist doch der Haken.«

Ich habe nichts mehr gesagt, denn das war wirklich der Haken, und das wiederum schien ihm diebischen Spaß zu bereiten. Ich war zu weit gegangen, freute mich aber gleichzeitig, daß er augenscheinlich zufrieden war, sich gefangen hatte, Pläne schmiedete. Wir würden ja sehen.

Die Stewardeß hat Plastiktabletts verteilt, mit schaumigen Speisen in kleinen Schalen. Jean-Pierre hat den Dekkel des Schaums entfernt, der am gelbsten war, und darüber den Inhalt eines Papiertütchens aus seinem Diplomatenkoffer gestreut. Wie Sägespäne sah das aus.

»Das sind Keime«, hat er auf meinen fragenden Blick hin geantwortet.

Ich habe mich ans Bullauge gelehnt, während er die Verpackung seines Bestecks aufriß. Möglicherweise bereitete er sich auf den chemischen Krieg vor, indem er sich jeden Tag eine kleine Dosis Gift zuführte, um Antikörper zu entwickeln.

»Ich versuche freie Radikale zu vermeiden. Und ich brauche Selen, wegen meiner Depressionen. Möchten Sie auch was?«

Er hatte so freundlich gefragt, daß ich mit einem halbherzigen Ja geantwortet habe. Ehe man sich über jemanden ein Urteil erlaubt, sollte man ihn gründlich kennen. Ich war mit einem abgehetzten Schreibtischtäter aufgebrochen und hatte jetzt einen Retter im Lehrlingsstadium zur Seite, einen zukünftigen Abenteurer, der Keime aß.

»Sie werden sehen, schmeckt ausgezeichnet und ist rein biologisch. Jeder Keim enthält natürliches Selen.«

Er hat mein gelbes Schälchen geöffnet und bestreut. Dann hat er sich sein eigenes mit der Willenskraft eines Kranken, der auf ein Wunder hofft, einverleibt. Das hat mich an die chinesischen Mumien in meinem Atlas erinnert, die sich bereits zu Lebzeiten einbalsamierten, indem sie ständig Eicheln knabberten.

»Und von welcher Krankheit stammen diese Keime?« habe ich gefragt und ihm, ohne zur Gabel zu greifen, aus dem Augenwinkel beim Mampfen zugeschaut.

»Wie bitte?«

»Ist das nicht gefährlich?«

»Gefährlich? Nein, wieso? Das ist Getreide.«

Ein wenig enttäuscht habe ich gegessen. Er hat meinen

Wein geöffnet und mir das Glas gefüllt, um es dann unvermittelt auszutrinken und sich gleich darauf zu entschuldigen. Dann hat er mir Mineralwasser eingeschenkt, in seinen Becher, und ihn mir gereicht. Ich habe gedankt und darauf gewartet, daß er aufs Klo muß, damit ich Wein nachbestellen kann. In religiösen Belangen sollte man sich hüten, bei den Leuten anzuecken.

Als sein gelbes Schälchen leer war, hat er sich das braune vorgenommen und das, was er vor sich hinkauend überdacht hatte, zusammengefaßt:

»Ganz einfach. Einerseits muß Irghiz in den Augen der Öffentlichkeit existent gemacht werden, damit Frankreich und die Unesco ein Budget zur Rettung archäologischer Stätten bereitstellen; andererseits muß gewährleistet sein, daß der Ort nicht von Touristen verschandelt wird. Das steht allem Anschein nach in Widerspruch zueinander, sollte aber doch auf einen Nenner zu bringen sein.«

Flüsternd und während sich seine Finger um meinen Arm krallten, hat er weitergesprochen:

»Es geht mir gar nicht gut, Aziz. Seit langem schon, und Clémentine ist auch gar nicht schuld daran. Es ist etwas viel Ernsteres. Nicht umsonst habe ich eine Frau wie sie geheiratet, ich wußte von vornherein, daß sie mich verlassen würde. Auch ich bin aus meiner Heimat weggegangen, ich habe mein Zuhause verleugnet, meine Herkunft. Und seither geht alles schief.«

Ich habe genickt. Was immer er durchgemacht hatte,

er tat mir in der Seele leid. Was mich wiederum von meinen eigenen Problemen ablenkte. Mit abgehackter Stimme hat er mir erzählt, er sei in Uckange geboren, in Lothringen, im Schatten der Eisenhütte. Daß sein Vater und sein Bruder Erzgießer sind und er mit siebzehn beschlossen hat, sich abzusetzen, um etwas ganz anderes zu machen: Er hatte heimlich einen Roman über das Leben seines Vaters geschrieben und war nach Paris gefahren, um das Manuskript zu veröffentlichen. In Paris jedoch hatte sich niemand für Lothringen erwärmen können, weshalb ihm nichts übrig geblieben war, als zu studieren und sich dann in einem Büro zu verdingen, als einer von vielen. Er verdiente ausreichend, er schickte seiner Familie Schecks, aber er fand nie den Mut, wieder nach Lothringen zu fahren, weil es ihm in Paris nicht gelungen war, die Heimat in Romanform lebendig werden zu lassen. Und mittlerweile war sein Vater ein alter Mann, die Eisenhütte machte dicht, die beste eisenverarbeitende Region Frankreichs sollte in einen Vergnügungspark umgewandelt werden, Clémentine verließ ihn, weil sie ihn als hoffnungsvollen Schriftsteller geheiratet hatte, und er hatte auf der ganzen Linie versagt.

Und jetzt würde er in Irghiz so etwas wie eine letzte Chance für sich sehen. Ein fabelhaftes Thema für einen Roman; Lothringen verleite niemanden zum Träumen. Obwohl das Tal der grauen Menschen eigentlich mein Lothringen sei. Er würde sich an meine Stelle versetzen, in der Ich-Form von mir sprechen, könnte im Verlauf meiner Reise schriftlich all das zum Ausdruck bringen, was ihn bewege, und das Buch sei das beste Mittel, das Tal von Irghiz bekanntzumachen, ohne es zu entweihen. Er glaube an Gott, versicherte er mir, und es sei kein Zufall, wenn die Vorsehung mich ihm über den Weg geschickt habe, ein Geschenk des Himmels sei das, der Roman würde hier im Airbus beginnen, und selbsredend würde er mir fünfzig Prozent der Autorenrechte abtreten, es sei doch immerhin meine Geschichte, die ihn zum Schreiben anrege, ob ich damit einverstanden sei?

Ich habe nichts gesagt. Das Flugzeug hatte für die Landung die Räder ausgefahren, und irgendwie wäre mir wohler gewesen, wenn es zerschellt wäre. Zum erstenmal in meinem Leben war ich für jemanden verantwortlich. Wenn ich, wie es meine Absicht gewesen war, den kleinen Blonden mit seiner Brille und seinem karierten Anzug gleich nach der Ankunft abhängte, in einem Land, wie es so nur in meiner Geschichte existierte, dann war er aufgeschmissen. Möglich sogar, daß er sich, wenn er sich in seiner gegenwärtigen Verfassung auch noch eingestehen mußte, daß ich ihn geleimt hatte und seine Mission gescheitert war, trotz seiner Getreidekeime gegen Depressionen umbringen würde.

Überschwenglich hat er mein Handgelenk gepackt und ausgerufen:

»Einfach phantastisch wird das!«

Ich habe genickt.

Wir tauchten in die Menschenmenge von Rabat ein, die der von Marseille ähnelte, mit Ausnahme der Farbe der Uniformen. Es gab Schwierigkeiten mit meinem Paß, der verständlicherweise hier um einiges falscher wirkte als in Frankreich. Insgeheim hoffte ich, man würde uns zurückschicken; dann wäre meine Ehre gerettet, und den Roman könnten wir immer noch in Paris schreiben. Aber Jean-Pierre hat meiner Akte einen Wust abgestempelter Papiere entnommen, zum Beweis, daß sein offizieller Auftrag lautete, mich ins Land zurückzubringen, und folglich sei ich ich und er er. Ein Fax mit dem Briefkopf des Königreichs von Marokko bestätigte all dies und ersuchte die Behörden, dem Inhaber des dies Vorlegenden den Weg zu ebnen. Worauf der Polizist ein entsprechend freundlicheres Verhalten an den Tag gelegt und mich etwas auf arabisch gefragt hat. Auf mein unbestimmtes Lächeln hin hat er mich beleidigt angesehen. Ich muß wohl die Betonung des Satzes falsch gedeutet haben.

Der Attaché hat mich zu den Telefonkabinen gezerrt. Alles in dieser Halle, in der es vor Marokkanern nur so wimmelte, gab mir das Gefühl, in einer armseligen Verkleidung zu stecken, die auch der letzte durchschaute. Ich war nicht »echt«, ich beherrschte nicht einmal die Sprache. War es etwa meine Schuld, daß ich ein Marseillais war?!

»Wir brauchen einen Titel«, hat Jean-Pierre gesagt.

»Wie bitte?«

»Für unser Buch. Wie soll es heißen?«

»Der Attaché für Humanitäres«, habe ich gesagt, aus Bescheidenheit und auch deshalb, weil ich mir nicht so recht vorstellen konnte, was ich auf dem Buchtitel zu schaffen haben sollte. Er hat abgewehrt, bekam glänzende Augen und verkündete feierlich, einen Finger in die Luft gestreckt:

»Gepäckstück in Begleitung.«

Er ist sogar auf dem Weg zum Telefon stehengeblieben, hat sich den Titel auf den Lippen zergehen lassen und dreimal genickt.

»Das bin ich«, hat er mir erklärt. »Das heißt, in dem Roman Sie. Das Gepäckstück in Begleitung. Die volle Ironie der Situation, das Paradoxe, die Lächerlichkeit ...«

Ich habe ebenfalls genickt, auch wenn ich nicht wußte, wie ich seine Worte deuten sollte. Er hat versucht, Clémentine anzurufen, um ihr die gute Nachricht mitzuteilen; die Nummer war ständig besetzt. Dann hat er auf die Uhr geschaut, auf die Tafel mit den Flügen, und mich gefragt, ob es nach Irghiz kürzer über Marrakesch oder über Agadir sei. Um Zeit zu schinden, habe ich Agadir gesagt, weil das der letzte Flug war.

Wir haben uns vier Stunden im Flughafenrestaurant aufgehalten. Zwischen zwei vergeblichen Anrufen machte sich Jean-Pierre auf der Rückseite der offiziellen Papiere aus meiner Akte wie ein Wahnsinniger Notizen, um sich ein Leben aus dem meinen zurechtzubasteln.

Kaum daß ich den Mund aufmachte, wurden daraus prompt drei Seiten, weil ihm durch das, was ich von mir gab, persönliche Dinge ins Bewußtsein zurückgerufen wurden, was mir unangenehm war. Er »transponiere«, wie er erklärte. Er hatte mich zum Mittagessen eingeladen. Ich hatte eine Brioche verdrückt, er ein Couscous mit Würsten aus Hammelfleisch, weiß überzogen mit kaltem Bratenfett, die er mit einer öligen und scharfen Sauce bestrich, um »in meine Haut zu schlüpfen«, wie er sagte, und »ein entsprechendes Ambiente zu schaffen«.

Ich wußte nicht mehr, wie ich aus dieser Situation wieder herauskommen sollte. Mein ursprüngliches Vorhaben, mich aus dem Staub zu machen, hatte ich aufgegeben, seit er wild entschlossen war, meine Geschichte zu einem Buch zu verarbeiten. Sie war zu wichtig, zu persönlich, um sie ihm zu überlassen und abzuhauen. Irgend etwas in mir erwachte unter seinem Filzstift zum Leben. Außerdem hatte sich sein Gesichtsausdruck verändert. Hingerissen von den Worten, die sich ihm aufdrängten, hielt er gelegentlich inne, um mir mit leuchtenden Augen zu danken und dann murmelnd und unter gequälten Seufzern seine Arbeit wieder aufzunehmen. Ich kam mir vor wie der Vater, der bei der Entbindung Hilfestellung leistet.

Endlich hat man unseren Flug aufgerufen, und Jean-Pierre hat ein letztes Mal versucht, Clémentine zu erreichen. Diesmal hat es geklappt. Sehr ernst, sehr traurig und niedergeschlagen ist er wiedergekommen. Ein Dreißig-Sekunden-Gespräch mit dieser Frau hat vier anregende Stunden mit mir ausgelöscht. Dafür ließ er mich ab sofort in Ruhe.

Wir sind wieder in ein Flugzeug gestiegen, in ein kleineres, schmutzigeres diesmal, mit geblümten Sitzen und einer weniger alten Stewardeß. Klapptische gab es nicht. Mein Attaché hat die Beine übereinandergeschlagen und auf dem Schoß erneut durchgestrichene Worte an seine Frau geschrieben. Da er, wie mir schien, keinen Gedanken mehr an mich verschwendete, mich nicht einmal mehr als mitgeführtes Gepäckstück würdigte, habe ich die Augen geschlossen und von der Blonden aus dem anderen Flugzeug geträumt, die mir mit ihrer linken Brust doch ein wenig fehlte. Ob ich Jean-Pierre bitten sollte, in seinem Roman eine Liebesgeschichte zwischen ihr und mir einzubauen? Man könnte es ja so drehen, daß ihr Mann sich hat scheiden lassen und das Kind mitgenommen hat und sie sich uns aus Kummer auf unserem Weg nach Irghiz anschließt, denn wenn nicht, tauchen in dem Buch keine Frauen auf, und so was verkauft sich nicht. Außerdem sorgt eine Frau zwischen zwei Männern zwangsläufig für Spannungen, wenn sie beide liebt, andererseits bestärkt das unsere Freundschaft, und im letzten Kapitel, während ich ans Bullauge gelehnt einschlafe, ist es Jean-Pierre, der den Platz des Babys an der Brust der Blonden eingenommen hat, am Rande einer von Platanen und Pinien umstandenen Quelle in einer Höhle, die taghell erleuchtet ist vom Funkeln der über und über mit Malereien bedeckten Felsen, welche die grauen Menschen aus Irghiz im Laufe von Millionen von Jahren geschaffen haben.

DAS HOTEL IST EIN MODERNER großer Kasten, ähnlich dem Sofitel in Marseille. Und voller Franzosen, die ständig herummeckern, weil es so heiß ist, weil sie warten müssen und weil im Prospekt alles schöner war. Der Attaché für Humanitäres trägt uns ein, bittet um eine Telefonverbindung, gibt mir den Schlüssel für mein Zimmer und beeilt sich, in seins zu kommen.

Mein Blick ist an der Tür des Fahrstuhls hängengeblieben, die sich hinter ihm geschlossen hat. Ich fühle mich sonderbar, allein gelassen, dahintreibend, wie eine handelnde Person in einem Satz, den der Autor nicht beendet hat. Der marokkanische Gepäckträger fragt mich auf französisch, ob er mir meine Plastiktüte abnehmen darf, und ich bin noch verlegener als vorhin, als der Polizist in Rabat etwas auf arabisch zu mir sagte. Ich schüttle verneinend den Kopf, begebe mich hinauf in mein Zimmer und schließe mich ein.

Der Raum mißt sechs mal sieben Meter, ich weiß das, weil ich ihn abgeschritten habe. Zum erstenmal habe ich ein Hotelzimmer, noch dazu für mich allein, ein tolles Gefühl! Ich habe am Fernseher herumgespielt, an den Wasserhähnen, mit den kleinen Seifenstücken, an dieser Art Waschmaschine für Hunde, die sich letztlich als Schuhputzautomat herausstellte. Dann war der Reiz des Neuen erschöpft, und ich habe mich gelangweilt.

Ich bin kurz auf der Terrasse gewesen, habe aufs Meer hinaus geblickt, auf den Sandstrand, zum Mond, zu den Sternen, habe das Geländer betrachtet, die Bodenplatten. Es roch nach irgend etwas, ich weiß nicht, wonach, jedenfalls gut. Die Luft war mild, fast schon zu mild; keine Autos, viel zu still. War dies vielleicht doch das Land meiner Vorfahren? Eigentlich unwichtig. Wichtig war Zimmer 418 und dieser Knabe, der sich in meine Geschichte hineinträumte. Schon komisch, daß ich für meinen Teil viel an sein Lothringen dachte, an seine Familie, an seine Eisenhütte – ich konnte mir unter einer Eisenhütte nicht viel vorstellen, aber daß man daraus einen Vergnügungspark machen wollte, fand ich nicht in Ordnung. Ich brannte darauf, ein wenig mehr über dieses Lothringen zu erfahren, selbst wenn es im Buch unberücksichtigt bleiben sollte. Auch ich wollte »transponieren«, mir aus seiner Jugend eine neue für mich basteln, wo doch meine eigene Vergangenheit ab sofort ausradiert war.

Ich habe geduscht und mich wieder angezogen, habe mir meine Krawatte gebunden, und dann habe ich vor Zimmer 418 gewartet. Taktvollerweise habe ich nicht sofort angeklopft, weil er gerade sagte, er hätte sich um diesen verdammten Auftrag nicht gerissen, das sei Loupiacs Idee gewesen. Und er sei nicht mit diesem Nordafrikaner unterwegs, um der Tatsache, daß sie sich getrennt haben, nicht ins Auge sehen zu müssen, mein Engel; sie solle begreifen, daß er sie liebt und daß das Leben ohne sie leer ist, und es habe sich doch schon häufig gezeigt, daß das Feuer des alten Vulkans, das man schon erloschen glaubte, wieder aufgeflackert ist, und daß, verdammt noch mal, Scheißding!

Nach den letzten Worten trat eine Pause ein. Dann hat er wieder bei dem alten Vulkan eingehakt, und ich habe daraus geschlossen, daß er auf einen Anrufbeantworter sprach und daß der ihn mitten im Satz abgewürgt hatte. Als ein junges Mädchen mit einem Rollwagen vorbeikam, habe ich mich gebückt und meine Schnürsenkel nachgezogen. Er hat wiederholt, daß er auf diesen hirnrissigen Auftrag nicht scharf gewesen wäre, und ich kauerte vor seiner Tür und bekam Gewissensbisse, weil man ihn mit mir verkuppelt hatte, anstatt ihn seine Ehe kitten zu lassen, an der ihm soviel lag. Als ich mich aufrichtete, hat er sogar noch gesagt, alles würde anders werden, er habe mit der Arbeit an einem Buch begonnen. Er glaube wieder an sich, der alte Vulkan würde erneut Feuer spucken, er wolle ihr den Kopf verdrehen, wie beim erstenmal, weißt du noch, Clémentine, in der Mensa, als ich dir mein Manuskript vorgelesen habe.

Ich habe die nächste Unterbrechung abgewartet, die

dreißig Sekunden später erfolgte, und dann angeklopft. Herein, hat er gerufen. Ich habe den Kopf durch die Tür gesteckt und gesagt, ich hätte vor, mir ein wenig die Beine zu vertreten, er brauche sich keine Sorgen zu machen. Das war das mindeste, denn wenn ich abhaute, mußte er dafür geradestehen. Jedenfalls sah ich das so.

Er hat mich verstört angestarrt. Mit seinem gestreiften Schlafanzug und dem zerzausten Haar sah er aus wie ein Juwelier, den man überfallen hat.

»Ich geh ein bißchen spazieren.«

»Ja ... in Ordnung«, hat er geantwortet.

Und dann hat er sich über die Straßenkarte gebeugt, die ausgebreitet auf der Minibar lag.

»In welcher Richtung starten wir morgen?«

Wie beruhigend, daß er allem Anschein nach noch immer an mein Tal glaubte, trotz des alten Vulkans, und ich habe mit dem Finger auf eine Ecke im Hohen Atlas gedeutet, wo nichts geschrieben stand. Dabei stellte ich fest, daß ich Mühe hatte, mich darauf zu besinnen, daß Irghiz eine Erfindung war.

»Und wie kommen wir dahin?«

Da ich schwieg, hat er seine Frage dahingehend abgeändert, daß er wissen wollte, welches Transportmittel ich auf dem Herweg benutzt hätte. Ein Maultier, habe ich gesagt, und daß ich drei Wochen gebraucht hätte, was mir realistisch und nicht nachprüfbar zugleich vorkam. Er hat mich mitleidig angesehen, sich wohl vorgestellt, welche Strapazen ich für nichts und wieder nichts auf mich genommen hatte, und dann ist allmählich sein Lächeln zurückgekehrt. Typisch, daß einer, der selber leidet, sich am Unglück anderer aufrichtet. Er hat mir aufmunternd auf den Rücken geklopft und mit energiegeladener Stimme geschmettert:

»Aufbruch um acht! Ich kümmere mich um einen Leihwagen. Jeep, 4×4 oder Range Rover? Hm? Was für ein Auto wollen wir uns gönnen?«

Einen mit Klapptischen, habe ich erwidert, zum Schreiben, und er hat mir die Hand auf die Schulter gelegt und mir einen dankbaren Blick zugeworfen. Ich bin gegangen, während er wieder auf sein Telefon zusteuerte. Ehe er den Hörer abhob, hat er noch gesagt, ich soll nicht zu lange wegbleiben und schön aufpassen. Für einen, der mit Eltern aufwarten kann, mag das vielleicht abgedroschen klingen, aber für mich war es das erste Mal, daß ich diese Ermahnung hörte.

Ich bin zunächst um den Swimmingpool herum geschlendert. Eigentlich hat es mir dort gefallen, alles war für die Nacht ordentlich zusammengeräumt, die Liegestühle gestapelt und die Matratzen aufgeschichtet. Als ich dann aber die Liebespärchen entdeckte, die sich unter den Bäumen küßten, habe ich mich in die Hotelhalle gesetzt. Ich habe die kunterbunt auf einem Tisch verstreuten Prospekte durchgeblättert, um mich über Marokko schlauzumachen, aber das, was ich wissen wollte, erfuhr ich nicht. Sitten und Gebräuche, typische Häuser und Land der Gegensätze, das war nichts für mich. Ich suchte nach meinen Ursprüngen, man bot mir Exkursionen an. In keinem einzigen der Ausflüge, die sie den Touristen anpriesen, wurde Irghiz erwähnt, und dieses versteckte Tal, das ich mir als Geburtsstätte zurechtgezimmert hatte, lastete um so schwerer auf mir, da ich keine Ahnung hatte, wo ich es ansiedeln sollte, im Schnee oder im Sand, zwischen heißen Felsen oder in einer schattigen Oase; wie eine Fata Morgana wich es vor mir zurück. Ich habe die Kataloge wieder zugeklappt und bin gegangen.

Vor dem Hotel lungerten die Gepäckträger herum. Ihre Unterhaltung sank bei meinem Auftauchen zu einem Flüstern herab. Mißtrauisch starrten sie mich an: Ich in meinem Anzug, der noch immer nach Frankreich roch, gehörte zu der anderen Welt, zu der der Touristen.

Eine schnurgerade Straße, daneben eine Andeutung von Wall, der mit Schotter und verdorrtem Unkraut überzogen war, führte vom Hotel auf die Stadt zu. Die Hände im Rücken verschränkt, bin ich eine ganze Weile marschiert. Reisebusse überholten mich, auf dem Weg zu typischen Mahlzeiten in der Medina. Medina, soviel wußte ich, hieß Stadtzentrum, und der Markt Souk, und auch, daß die Religion Bier und Schinken verbot. Aber ich hatte gar keinen Hunger. Ich brauchte nur Auslauf.

Allmählich wurde das Straßenbild bunter; geöffnete Fenster in jedem Haus, aus denen Musik schallte, farbige Glühbirnen in den Bäumen, Kollegen, die auf dem Bürgersteig Radios, Teppiche, Jacken, Schmuck oder Souvenirs verkauften. Die Kundschaft aus den Reisebussen feilschte, fettriefendes Gebäck mampfend. Da ich nichts anzubieten hatte, nahm mich niemand zur Kenntnis.

Ein Gefühl der Verzweiflung überkam mich. Ich fühlte mich völlig isoliert inmitten all dieser Menschen, denen ich ähnlich sah und die eine andere Sprache sprachen als ich und schon gar nicht mit dem Akzent von Marseille. Zum erstenmal in meinem Leben fühlte ich mich als Einwanderer und stellte mir zum Trost die Einsamkeit des Arabers vor, der in Frankreich landet, noch dazu als Illegaler. Welch unverschämtes Glück ich doch hatte, über einen Attaché zu verfügen, einen Leibwächter, ausgestattet mit einem Passagierschein des Königs, damit man mich nicht behelligt; einen liebenswürdigen Burschen, der mich an all seinen Problemen teilhaben ließ, der sich um die Zimmerreservierung kümmerte, um den Leihwagen, und der von mir nichts weiter verlangte als ein Stückchen von meinem Traum, um nicht so allein zu sein.

Gleichzeitig kam ich mir vor wie eine Gestalt aus einem Roman, die ihr Gedächtnis verloren hat: Ich wanderte in meinen Ursprüngen herum, ohne mich im geringsten erinnern zu können, und dennoch wühlte mich irgend etwas auf. Die Menschen rempelten mich an, ohne mich zu beachten, weil ich für sie zum Straßenbild gehörte. Würde hübsch klingen im Roman, eine solche Passage. Schließlich ging ich auf den Markt, damit ich Jean-Pierre über meine Eindrücke berichten konnte. Ich mußte Beschreibungen liefern, die echt klangen, den landestypischen Gerüchen nachspüren und nicht zuletzt Auskunft darüber geben können, was ich bei all dem empfand.

Ich prägte mir den Preis für das eine oder andere Souvenir ein, den Duft der in Fett gebackenen Teigkringel, die Farbe der Häuser, die Höhe der Bäume, die Automarken. Und mit diesen Informationen versehen, ging ich wieder die schnurgerade Straße zurück, die ich bereits auf dem Hinweg beschrieben habe.

Vor dem Hotel gab es zwei Souvenirläden, die das gleiche wie in der Stadt verkauften, nur in eleganterer Aufmachung. Ein Reisebus war gerade eingetroffen, mit verdreckten Scheiben, erschöpften Passagieren, Gepäck, das ausgeladen werden mußte, und den Problemen, die sich unweigerlich einstellten. Es schien sich um eine Expreß-Tour zu handeln, der Maghreb in sechs Tagen, denn alle wollten vor dem Schlafengehen noch rasch einkaufen, weil doch morgen, bei Tagesanbruch, geschlossen sein würde. Die Reiseleiterin versicherte ihnen, dem sei nicht so, aber man schenkte ihr kein Gehör. Kam noch dazu, daß alle in den Laden auf der rechten Seite wollten, der preisgünstige Vuitton-Artikel im Angebot hatte, und obwohl die Reiseleiterin immer wieder darauf hinwies, daß den Teilnehmern von Marocco Tours im linken Laden die gleichen Preise eingeräumt würden, drängten alle in den rechten, um unabhängig von Marocco Tours, die –

das kennt man doch! – mit Sicherheit am Umsatz beteiligt waren, ihrem Kaufrausch zu frönen.

Mittlerweile war ein weiterer Reisebus angekommen, ein Oasis Travels, der wohl Preisabsprachen mit der rechten Boutique getroffen hatte. Die Oasis-Gruppe wetterte, weil die von Marocco Tours ihnen die Taschen wegschnappten, auf die sie selbst ein Auge geworfen hatten, weshalb sich der Reiseleiter von Oasis mit der Reiseleiterin von Marocco unterhielt, die daraufhin versuchte, ihre Schäfchen aus der rechten Boutique zu lokken, indem sie ihnen hoch und heilig versicherte, in der anderen gebe es *genau die gleichen* Taschen *zum selben* Preis, aber davon wollten die von Marocco nichts wissen. Sie ließen sich nicht gängeln, begehrten sie auf, und sie seien sechshundert Kilometer auf Achse gewesen. Niemand hätte ihnen etwas vorzuschreiben, die von Oasis sollten gefälligst warten, bis sie an der Reihe wären.

Als die Reiseführerin nervös wurde, haben sie zwei Widerstandsgruppen gebildet, eine, die »Buuuuh!« schrie, während die andere wie bei einer Demo skandierte »Weg-mit-der-Rei-se-lei-te-rin! Weg-mit-der-Rei-se-lei-te-rin!« Die ihrerseits und kurz davor, durchzudrehen, gebrüllt hat:

»Ihr könnt mich alle mal!«

Seltsam, aber mir ist blitzartig durch den Kopf geschossen, daß das eine Frau für Jean-Pierre wäre. Sie war etwa Mitte Zwanzig, trug Jeans, die am knackig runden Hintern mit Flicken besetzt waren, und darüber ein T-Shirt mit dem Schriftzug Marocco Tours. Ihr Busen wirkte anheimelnd, ihr aufs Geratewohl gestutztes Haar, in dem ihre Sonnenbrille steckte, war verklebt von Schweiß und Staub und wohl naturblond, was man aber im Neonlicht der Boutiquen nicht so recht ausmachen konnte.

»Kauft euch doch eure verdammten Mitbringsel, wo ihr wollt, ihr Trottel, und protzt damit zu Hause rum! Ihr geht mir auf den Geist, ihr seid völlig blind für die Schönheiten, die man euch zeigt, ungehobelte Klötze seid ihr, Schafe, ein einfältiger Haufen! Seht doch zu, wie ihr allein weiterkommt, ich hab die Schnauze voll!«

Sie ist ins Hotel gestürmt, unter den Beifallsbekundungen der Oasis Travels, die sich freuten, daß die von Marocco Tours, deren bestürzte Gesichter sie als Erinnerung an Agadir fotografierten, eins aufs Dach bekommen hatten. Weibliche Marocco-Teilnehmer riefen empört nach einem Verantwortlichen, während ein Unentwegter weiterhin »Weg-mit-der-Rei-se-lei-te-rin!« gröhlte und die anderen die Verwirrung dazu nutzten, Vuitton-Taschen im Fünfzehnerpack an sich zu raffen.

An der Hotelbar habe ich die Reiseleiterin wiedergetroffen, sie hatte sich einen Whiskey bestellt. Die Bar war ganz in Weiß gehalten und im arabischen Stil eingerichtet, mit riesigen Fächern und geflochtenen Hockern. Sich mit einer Pobacke abstützend, die Ellbogen auf die Theke gelümmelt, hat sie ihr Glas in einem Zug geleert. Ich habe mich neben sie gesetzt und dem Barkeeper gesagt, noch einmal das gleiche für sie und für mich eine Cola. Sie hat nichts gesagt, sich nicht einmal zu mir umgedreht. So als wollte sie sich völlig ausklinken, hielt sie sich die Ohren zu. Ihre Nase war lang, ein wenig gekräuselt, die Stirn eigensinnig, die Lippen schmal. Bestimmt nicht leicht, mit ihr auszukommen, aber kompetent. Erst als der Barkeeper das volle Glas vor sie hinstellte und ich ihm sagte, das geht auf mich, hat sie mich zur Kenntnis genommen und mir den Whiskey hingeschoben. Nein, habe ich abgewehrt, das ist ein Mißverständnis; der Whiskey sei für sie, aber bezahlen würde ich, so wäre das gemeint gewesen. Und dann habe ich in meinen Taschen gekramt, weil mir einfiel, daß ich gar kein Geld dabeihatte. Sie hat mir dabei zugesehen und mir dann geraten, ich solle den Versuch, französisch zu lernen, aufgeben.

»Baraka Allah oufik!« hat sie mir zugerufen und ihr Glas erhoben. »Mit diesen Holzköpfen bin ich fertig, in Ordnung. Nur: wie geht's jetzt weiter?«

Diese Frage war an die Schlange gerichtet, die sich um die auf ihrem Arm tätowierte Palme wand. Sie hat ihre beiden Whiskeys und meine Cola bezahlt und ist gegangen.

Ich bin ihr in die Hotelhalle nach, um sie zu fragen, ob sie frei ist. Ich habe mich wohl wieder mißverständlich ausgedrückt. Sie hat mich nämlich von oben bis unten gemustert und gefragt, ob ich finde, daß sie wie eine Nutte aussieht – nicht? Dann tschüs. Gekränkt habe ich widersprochen:

»Das habe ich damit nicht sagen wollen.«

»Zieh Leine!«

Ich habe eine Schwäche für das weibliche Geschlecht, verwehre mich aber dagegen, daß so was ausgenutzt wird. Außerdem gehöre ich nicht zu Marocco Tours. Genau das habe ich ihr ins Gesicht gesagt und sie am Ellbogen gepackt. Und erklärt, daß ich und mein Freund eine Reiseleiterin brauchen, daß wir keine Holzköpfe sind und auch nicht scharf auf Vuitton-Taschen, sondern Reiseschriftsteller, wir möchten in den Hohen Atlas und können uns einen Leihwagen leisten und eine eigene Reiseleiterin dazu. Meine Wahl sei auf sie gefallen: Was sie denn nehme? Oder ob sie lieber wieder zu ihrer Meute zurück wolle, um sich von denen lynchen zu lassen? Inzwischen nämlich schlug die Empörung vor dem Hotel hohe Wellen; eben schaffte man zwei übel zugerichtete Frauen, die sich wohl von Reisebus zu Reisebus geprügelt hatten, in die Halle, und der Manager wurde benachrichtigt.

»Welche Zimmernummer hast du?« wollte die Reiseleiterin wissen.

Da ich sie mir nicht gemerkt hatte, habe ich die Dame am Empfang gefragt, die mir nach einem Blick in ihr Buch den Schlüssel aushändigte. Das Mädchen hat ihn mir abgenommen und ist zum Fahrstuhl gegangen. Ein wenig verdutzt bin ich gefolgt. Während wütende Stimmen Auskunft verlangten, wo die Reiseleiterin von Marocco Tours abgeblieben sei, hat sich die Tür hinter uns geschlossen.

Stocksteif und ohne uns anzuschauen fuhren wir nach

oben. Im vierten Stock hat sie mich gefragt, ob es mir etwas ausmacht, wenn ich sie bei mir unterbringe. Ich habe verneint. Darauf hat sie gesagt, dann könnte ich jetzt ruhig ein bißchen auftauen.

In dem Augenblick, da ich mein Zimmer betrat, hat das Telefon geläutet. Es war der Hoteldirektor, der die Reiseführerin zu sprechen verlangte. Ich habe ihm gesagt, das sei unmöglich: Sie sei soeben von der französischen Regierung für einen offiziellen Auftrag dienstverpflichtet worden; Einzelheiten könne er morgen bei Schneider erfahren, meinem ministeriellen Attaché, der über einen Passierschein von König Hussein verfüge. Ansonsten wünschten wir um diese Uhrzeit nicht gestört zu werden. Zu meiner eigenen Überraschung habe ich ihm jedes weitere Wort abgeschnitten und den Hörer auf die Gabel geknallt. Ist schon verblüffend, wie einem Autorität zufliegt, sobald man ein bißchen Power macht.

»Hussein gehört nach Jordanien, Herr Schriftsteller. Der hiesige König heißt Hassan. Trotzdem danke.«

Ihre Stimme war sanft, schleppend, ein wenig spöttisch. Als sie Anstalten machte, ihr T-Shirt auszuziehen, habe ich selbstbewußt abgewinkt, das sei nicht nötig, ich könne sie sehr wohl die Nacht über beherbergen, ohne daß das zu einer Bettgeschichte ausarten müßte, ich hätte ihr doch schon zu verstehen gegeben, daß ich sie nicht für eine Nutte hielte. Sie hat ihr T-Shirt glattgezogen, und ich bin mir einigermaßen idiotisch vorgekommen. Na ja, habe ich gesagt, so wörtlich sei das nun auch wieder nicht gemeint. Richtig bissig hat sie mir erklärt, ihr Körper sei ihr völlig wurscht, sie habe beim Vögeln noch nie was empfunden, also bedien dich, wenn's dir Spaß macht, Männer sind ja normalerweise scharf auf Frauen, die keinen Orgasmus haben, als ob's da was zu beweisen gibt. Ich habe gestelzt erwidert, daß ich zum einen verlobt sei, aber das sei meine Sache, und zum andern könne doch ich nichts dafür, wenn sie so gepolt ist, und sie soll gefälligst in einem anderen Ton mit mir reden. Sie sei völlig fertig, hat sie gesagt. Ich auch, habe ich zurückgegeben. Sie hat wieder mit ihrem T-Shirt gekämpft und gesagt, na ja, zumindest kann's nicht schaden, und diesmal stimmte ich ihr zu.

Als sie sich den dunkelroten Slip als zusammengeringelte Winzigkeit über die Oberschenkel streifte, habe ich bei mir gedacht, wenn sie nichts fürs Vögeln übrig hat, ist das doch eigentlich alles für die Katz. Sie stand nackt vor mir auf dem Teppich, und ich mühte mich ab, die Minibar aufzubekommen, um die Stimmung ein wenig anzuheizen. Ich benutzte meine Schlüssel abwechselnd als Hebel, bis die Tür endlich nachgab und ich die Zubereitung eines Cocktails nach Art des Hauses in Angriff nehmen konnte. Inzwischen quer auf dem Bett liegend, eine Zigarette zwischen den Lippen, sah sie zu, wie ich die Alkoholika aus den Miniaturfläschchen zusammenschüttete. Nachdem sie mich darauf aufmerksam gemacht hatte, daß man normalerweise die Minibar öffnet, indem man den Schlüssel ins Schloß steckt, hat sie mich, nicht ohne leise Hoffnung in der Stimme, gefragt, ob ich impotent bin. Dabei war ich nur verstört, wegen Irghiz und wegen Jean-Pierre. Aber dann habe ich mir eingeredet, mit diesem Mädchen zu schlafen sei immer noch der einfachste Weg, ihr anschließend alles zu erklären.

Nachdem ich mich ausgezogen hatte, habe ich sie auf den Bauch gedreht. Von wegen, hat sie gesagt, wo wir uns noch gar nicht kennen, und ich habe geantwortet: Eben, das geschehe mit Rücksicht auf sie, sie sei doch nicht verheiratet. Da sie aber keine Tsigane war, habe ich mich dann doch auf ihren Bauch gelegt, von Angesicht zu Angesicht, was auch schön war, trotzdem sie mir nur ergeben zugesehen und gewartet hat, bis ich fertig war. Ein eigenartiges Gefühl war das schon. So sehr ich mich auch abmühte, hin und her rutschte, von Zärtlichkeit zu ungestümer Leidenschaft überging – man hätte meinen können, ich wasche ihren Wagen und sie übt sich hinter der Windschutzscheibe in Geduld.

»Wenn Sie wollen, höre ich auf.«

»Es macht mir nichts aus«, hat sie gesagt.

»Aber mir vielleicht.«

»Wenn wir uns nur weiterhin anfiesen, hätten wir's auch bleiben lassen können.«

»Hab ich etwa damit angefangen?«

»Was für Bücher schreibt ihr eigentlich?«

Es hat mich gereizt, durch einen kräftigen Rammler männliche Überlegenheit zu bekunden. Da sie das, wie sie mir zu verstehen gegeben hat, nicht als Antwort gelten ließ, habe ich gesagt: Männergeschichten. Das hat sie mundtot gemacht und mir ermöglicht, mich meinen Lustgefühlen hinzugeben. Unwillkürlich habe ich an Lila gedacht, die beim Lieben soviel Sinnlichkeit verströmte, und mir schossen die Tränen in die Augen und tropften auf den Busen der Blonden.

»Heulst du oder schwitzt du?«

Ich habe nicht geantwortet. Ich habe mir diese verdammten Tränen verbissen, die aus einer Vergangenheit rührten, die ich, so glücklich ich auch gewesen war, mit aller Kraft zu vergessen suchte. In gewisser Weise war ich froh, Lila im Körper dieses Mädchens, das nichts empfand, zu ertränken. Zur Strafe dafür, daß sie mich verraten hatte. Ob ich wohl mein Leben lang derart sentimental sein würde? Und dann hat die Blonde einen Schrei ausgestoßen, weil ich sie, völlig unbeabsichtigt, durch mein Herumhoppeln auf ihr immer weiter nach oben zum Bettende geschoben hatte, bis sie schließlich mit dem Kopf an die Wand geprallt war. Von der anderen Seite hörten wir eine verschlafene Stimme »Herein« sagen.

Wir haben losgeprustet, beide gleichzeitig, der eine in der anderen, und ich weiß nicht, wie es gekommen ist, vielleicht waren es die inneren Vibrationen, jedenfalls bilde ich mir ein, daß wir gemeinsam die Englein haben singen hören. Wir haben uns auf der Decke gewälzt und uns die Seiten gehalten, richtig weh hat es getan, wir bekamen kaum noch Luft, und auf einmal haben wir uns ganz unverblümt angesehen, wie gute Kumpel. Das war schöner als Liebe, das war etwas völlig Neues; wir waren zwei von den anderen abgewiesene Fremde, und ich war stolz, sie nach Irghiz zu bringen.

»Mistkerl«, hat sie gesagt und gelächelt. »Du hast mich reingelegt.«

Um diesen kleinen Triumph nicht auszuschlachten, habe ich gemurmelt, daß ich Aziz heiße. Geht ja noch, hat sie geantwortet, was aus ihrem Munde als Kompliment zu werten war, für das ich mich prompt bedankt und gesagt habe, das nächste Mal würde ich mir mehr Mühe geben. Es gibt kein nächstes Mal, hat sie klargestellt, aus Prinzip; ein gutes Auskommen mit Männern sei nur möglich, wenn man sofort miteinander schlafe; dann hätten sie bekommen, was sie wollten, und man könnte zur Tagesordnung übergehen – diskutieren zum Beispiel. Ich war wie vor den Kopf gestoßen, habe mir aber nichts anmerken lassen. Sie schien studiert zu haben. Ich habe sie gefragt. Und tatsächlich, sie besaß einen Hochschulabschluß in weiß der Teufel was allem, was ich nicht einmal dem Namen nach kannte. Ich habe es vorgezogen, das Thema zu wechseln.

»Warum hast du dir einen Baum tätowieren lassen?«

Das gehe mich nichts an, hat sie mich zurechtgewiesen; das sei ihre persönliche Angelegenheit. Ich habe es geschluckt. Als ich ihr ins Badezimmer nachging, habe ich gefragt, wie sie heißt.

»Valérie.«

Gefiel mir. Griffiger als Clémentine.

»Valérie wie?«

»D'Armeray.«

»Valérie, ich muß mit dir reden.«

Eine Stille ist eingetreten. Auf das Waschbecken gestützt, wartete sie ab. Da ich weiterhin schwieg, hat sie mich aus dem Bad gescheucht. Ich habe meinen Cocktail nach Art des Hauses getrunken, der noch scheußlicher schmeckte als die Americanos im Café Marchelli. Sie hat durch die geschlossene Tür gerufen:

»Dein Angebot vorhin ... War das ernst gemeint oder um mich rumzukriegen?«

Ich habe zurückgebrüllt, sie sei wirklich bescheuert, und daß es außer Bumsen sehr wohl noch etwas anderes gebe. Sie hat mir die Tür geöffnet und gesagt, du bist nett, und wir haben die Badewanne einlaufen lassen.

»Kennst du die Veröffentlichungen von Konrad Lorenz über die Graugänse?«

Mir schwante, daß das nicht unbedingt etwas mit Gänseleberpastete zu tun hatte, deshalb gab ich mich bedeckt.

»Meine Dissertation in Soziologie, an der ich schreibe, befaßt sich mit der Aggressivität innerhalb von Gruppen. Als Reiseleiterin verdiene ich mir nicht nur Geld für mein Studium, ich sammle auch Material für meine Doktorarbeit. Außerdem kann man sich seinen Job in Marokko nicht aussuchen. Soll ich Schaum reintun?«

»Meinetwegen. Warum gehst du nicht wieder nach Frankreich?«

»Ich bin hier geboren. Aber darüber möchte ich nicht

sprechen. Jedenfalls bleibt mir nichts anderes übrig. Keine Bange, ich komm schon zurecht, mit meinen Touristen-Gänsen gehe ich ganz cool um. Daß ich mal ausraste, kommt so gut wie nie vor. Ist eine ganz neue Erfahrung für mich.«

Was für mich eine ganz neue Erfahrung war, war, nach dem Liebesakt gemeinsam in einem Schaumbad zu liegen, wie zwei gute Kumpel. Gut tat das. Ich zwang mich, sie nicht zu streicheln, um bloß nichts kaputtzumachen. An meine Brust gelehnt und gedankenlos den Flaum an meinen Waden zwirbelnd, während ihre Haare an meiner Nase kitzelten, hat sie sich meinen Bericht angehört: über den Ami 6, über Vallon-Fleuri, über die Verhaftung im Café Marchelli, die für *Match* in Szene gesetzte Ausweisung, die Frau des Attachés für Humanitäres, die auf Scheidung drängt, die Geschichte im Flugzeug. Ohne mich zu unterbrechen. Ich habe mich dreimal davon überzeugt, daß sie nicht schlief, aber nein, sie hörte zu, zupfte mich aufmunternd an meinen Härchen, wenn ich eine Pause einlegte.

Am Ende meines Monologs habe ich sie, mit einem Kloß im Hals, gefragt, ob sie bereit sei, in meiner Komödie für Jean-Pierre mitzuspielen. Sie hat nicht sofort geantwortet. Ihr großer Zeh zeichnete Schnörkel auf die mit Wasserdampf beschlagenen blauen Kacheln. Sie hat mich gebeten, ihr noch einmal haarklein meine im Sessel der Air France aus dem Stegreif vorgetragene Beschreibung von Irghiz zu wiederholen.

Ich habe die Augen geschlossen, um mich an die Worte zu erinnern, an das Tal, an die von den funkelnden Felsen um die Zauberquelle erhellte Höhle und die neue Straße durchs Gebirge, die das Geheimnis der grauen Menschen bedroht, die seit Urzeiten in Abgeschiedenheit überlebt hatten.

»Dafür würde sich das M'Goun-Massiv anbieten. Dort bekäme dein Jean-Pierre ein Drittel Wüste vorgesetzt, ein Drittel Oase, ein Drittel schneebedeckte Gipfel. Einverstanden?«

Ich habe ja gesagt.

»Und sobald du auf halber Höhe des Ayachi bist, wo es ungefähr so aussieht wie in deiner Beschreibung, sagst du, ihr kämt zu spät, ein Erdrutsch hätte Irghiz unter sich begraben – und ich bringe euch zurück. Glaubst du, daß er das schluckt?«

Ich habe geantwortet, daß er das unbedingt will, ja sogar muß, wegen Lothringen. Bis zum Sonnenaufgang haben wir Einzelheiten unseres Plans festgelegt und immer wieder heißes Wasser nachlaufen lassen und uns dann für eine Stunde zum Schlafen hingelegt. Eigentlich konnte sie froh sein, meine Bekanntschaft gemacht zu haben; dadurch erhielt sie Gelegenheit, jemanden zu einem wunderschönen Ort zu führen, den es nicht gab, was mal etwas anderes war als ihre ewigen Gänse, touristischen Rundfahrten, obligatorischen Sehenswürdigkeiten, Sonderverkäufe von Souvenirs. Obwohl wir uns unter den kühlen Laken nackt aneinanderschmiegten, verlangte es mich nicht nach ihr; was ich empfand, war auf andere Weise inniger, vertrauter, und ich sagte mir, daß ich möglicherweise drauf und dran war, mich zu verlieben, zum zweitenmal in meinem Leben.

»Hör mal, Valérie …«

»Ja?«

Die Nase in der Kuhle ihres Schlüsselbeins, im Duft ihrer Haut, habe ich das Grübeln sein lassen.

»Nichts.«

Sie hat liebevoll meine Hand an sich gedrückt und gesagt:

»Bilde dir bloß nichts ein.«

Um zehn vor acht habe ich den Attaché in der Halle getroffen. Er sah aus wie einer, der sich die Nacht um die Ohren geschlagen hat, und war als Forschungsreisender verkleidet: beige Leinenjacke, weißer Legionärsgürtel, Stiefel, Baseballkappe. Er hatte ein schnurloses Telefon organisiert, mit dem er auf und ab ging.

Kaum daß er mich entdeckt hatte, ist er auf mich zugeeilt, mit einem Boxertypen in Djellabah im Schlepptau, den er mir als Omar vorstellte, einen Kenner des Atlas-Gebirges und bereit, uns in seinem Jeep dort hinzufahren. Ich habe Jean-Pierre beiseite genommen und ihm gesagt, auf gar keinen Fall. Da er meine Ablehnung nicht begriff, habe ich geflüstert, das ist ein Razaoui, der erklärte Feind der grauen Menschen von Irghiz, und das hat gezogen: Er hat den Boxer ausbezahlt, worauf der, hochzufrieden, ein Geschäft gemacht zu haben, abzog.

Daraufhin habe ich Jean-Pierre informiert, daß ich den idealen Fahrer gefunden hätte: ein junges Mädchen aus guter Familie, in Bordeaux geboren, mit einem »de« im

Namen – das heißt fast, einem »d« Apostroph –, mit der er sich bestimmt gut verstehen würde und die noch dazu den Hohen Atlas in- und auswendig kenne, insbesondere wisse sie um die Existenz der grauen Menschen, auch wenn ihr der Zugang zum Tal unbekannt sei, glücklicherweise. Da er mürrisch blieb, habe ich scherzhaft hinzugefügt, wenn wir in die Gegend kämen, bräuchten wir ihr, unserer Führerin, ja nur die Augen zu verbinden. Wo sie ist, hat er gefragt. Sie erwartet uns am Strand, habe ich geantwortet. Er darauf: Der Anrufbeantworter ist voll. Angesichts meiner Verständnislosigkeit hat er die Antenne seines Telefons eingefahren und erklärt, er empfange nur noch Piepstöne, ein Beweis, daß er das gesamte Band besprochen habe, jetzt käme nicht einmal mehr Clémentines Stimme mit der Aufforderung, nach dem Signalton eine Nachricht zu hinterlassen. Furchtbar sei das für ihn; das bedeute, daß es zwischen ihnen aus und vorbei sei: totale Funkstille.

»Ich bin doch da«, habe ich schüchtern vorgebracht.

Er hat mich durchdringend angesehen, so als wollte er ergründen, inwieweit ich etwas mit seiner Ehe zu tun hätte, und seine Antenne wieder ausgefahren.

»Ich liebe sie.«

Da es in der Nacht ganz offenbar zu keiner Verständigung gekommen war, mußte ich schleunigst handeln. Ich habe ihn zur Terrasse gedrängt. Mit kraftlos herunterhängendem Arm und schlaffer Hand zog er sein Antennentelefon hinter sich her wie eine Leine, die man, nachdem der Hund tot ist, weiterhin Gassi führt. Ich hatte das Treffen unter einem Sonnenschirm organisiert, bei einem Frühstück, damit er sie im Bikini sieht, für mich Valéries überzeugendstes Argument – weniger sicher war ich mir, ob sie sich, wie sie mir versprochen hatte, der gepflegten Ausdrucksweise bedienen würde, die die alteingesessene Familie aus Bordeaux, der sie entstammte, verdeutlichte.

»Mademoiselle Valérie d'Armeray«, habe ich vorgestellt, »Monsieur Jean-Pierre Schneider, mein Attaché für Humanitäres.«

»Wie geht es Ihnen?« hat sie gefragt und ihm die Hand entgegengestreckt. Sehr gut. Daß ein wenig Honig auf ihrer Schaumgummiunterlage klebte, paßte zu ihrer Rolle.

Jean-Pierre hat mir einen reichlich verunsicherten Blick zugeworfen und dann sein Telefon in die linke Hand wechseln lassen, um ihr die rechte zu reichen.

»Sie verfügen über ein geeignetes Fahrzeug?« hat er gefragt.

»Ich schlage Ihnen den Desert-Liner vor, entwickelt für die Rallye Paris–Dakar. Acht Antriebsräder, 350 PS, 3500 Kilometer Aktionsradius, Klimaanlage, Dusche, Toilette, Küche: weder Dünen noch Wadis, weder Schnee noch Steinwüsten können ihn aufhalten, und Sie sitzen überaus bequem, wie in einem Clubsessel zu Hause vor dem Fernseher.«

»Das ist eigentlich gar nicht vorgesehen«, hat Jean-Pierre mit verkniffener Miene gemeint.

»Zwanzigtausend Francs für sechs Tage. Ein unvergeßliches Erlebnis. Noch dazu, wo Ihre Regierung die Kosten übernimmt. Kaffee?«

Jean-Pierre hat sich im Schneidersitz in den Sand gehockt, stocksteif. Er habe bereits gefrühstückt, vielen Dank, und sein Spesenkonto sei nicht unbegrenzt. Er hat ihr Fragen nach der Geographie gestellt, um ihre Sachkenntnis zu überprüfen, gab sich mit einemmal ungemein beschlagen. Wahrscheinlich hatte er sich nachts mit dem Land vertraut gemacht. Als seine Kappe davonflog, bin ich hinter ihr hergerannt.

Eine angenehme Atmosphäre, der Sand strahlte Wärme aus, Vögel und Katzen zankten sich um die Krümel. Eine Weile habe ich einen in der Luft stehenden Drachen beobachtet, dessen Schnur von einem kleinen Jungen festgehalten wurde, der unbeweglich dastand und weinend auf seine Sandalen hinuntersah. Dieser unendliche Strand, an dem reihenweise Leute in der Sonne lagen und dabei *Die Welt, Le Monde, Le Soir, Le Matin, Good Morning, De Morgen* lasen, roch nach nichts, war völlig still. Kein Fischer, kein Schiff, kein Felsen, kein Lachen. Und da drüben Valérie, die bereitwillig Fragen beantwortete und wie in der Schule den Finger hob. Sie anzusehen ließ die Wehmut beim Gedanken an meine kleine Bucht schwinden. Um mich zu beschäftigen und ihnen Zeit zu lassen, sich näher zu beschnuppern, habe ich den Sand von Jean-Pierres Kappe abgeklopft.

Als ich mich wieder zu ihnen gesellte, peilten sie gerade als Lösung an, einen Landrover zu neunhundert Dirham für sechs Tage zu mieten, Benzin extra. Jean-Pierre war jetzt merklich aufgekratzter. Ich habe mir erlaubt zu bemerken, daß er mit seiner lothringischen Haut und ohne Kopfbedeckung drauf und dran war, sich einen Sonnenbrand einzufangen. Valérie hat zu ihrer Tube gegriffen und ihm, ohne lange zu fragen, die Stirn, die Backen und die Nase eingecremt. Zu meiner Freude habe ich mitbekommen, daß er verstohlen ihr Bikinioberteil angestarrt hat. Als dann sein Telefon klingelte, ist er so jählings aufgesprungen, daß der Sand nach allen Seiten spritzte, und hat sich verzogen, um den Anruf entgegenzunehmen. Nein, es war nicht Clémentine – ich hörte ein »Herr Direktor«, und von einer Sekunde auf die andere hatte er sehr viel weniger von einem kleinen Jungen an sich. Fast männlich und gleichzeitig irgendwie in die Enge getrieben kam er mir jetzt vor. Man übertrage ihm Verantwortung, er übernehme sie, nur solle man ihm nachher weder Vorhaltungen machen noch den marokkanischen Staatsangehörigen verunglimpfen und darüber hinaus ihm persönlich Mittel und Zeit einräumen, seinen Auftrag durchzuführen, brüllte er gegen die Wellen an. So gefiel er mir durchaus. Ich war stolz, daß er Widerstand leistete und mich in Schutz nahm. Wie zur Bestätigung habe ich mich Valérie zugewandt. Sie schien weit weniger begeistert.

»Eine Pißnelke, dieser Typ.«

»Eine was?« habe ich gefragt.

»Pißnelke.«

Ich habe zu Jean-Pierre rübergeschaut, der im Wasser herumwatete, mit hochgekrempelten Hosenbeinen, die Socken in der linken Hand, das Telefon am Ohr. Er hatte das Gespräch mit seinem Chef beendet, und jede Wette, daß er jetzt abermals sein Glück bei Clémentines Anrufbeantworter versuchte: Er war wieder zum kleinen Jungen geworden.

»Er muß sich unbedingt in dich verlieben«, habe ich ihr durch die Zähne zugeraunt.

»Meinetwegen«, hat sie mit bordelaiser Vornehmheit geseufzt und sich ausgestreckt. »Schmierst du mich ein?«

Sie hat sich auf den Bauch gerollt und ihr Bikinioberteil aufgehakt. Ich habe ihr den Rücken eingecremt, ohne meinen Jean-Pierre aus den Augen zu lassen, der traurig, die Füße im Sand hinter sich herziehend, den Piepsern des vollen Anrufbeantworters lauschte.

»Ich weiß, du findest ihn komisch ...«

»Nein.«

»Nicht?«

»Die objektiven, physiologischen Symptome tiefer Emotionen, vor allem die der Trauer«, hat sie gähnend erläutert, »sind bei Tieren, vor allem bei Hunden und bei Gänsen, fast genau dieselben wie beim Menschen.«

In diesem Moment hat Jean-Pierre aufgebrüllt und das Telefon ins Wasser fallen lassen. Humpelnd und mit den Armen herumfuchtelnd ist er auf uns zugerannt.

»Konrad Lorenz, *Das Jahr der Graugans*«, hat Valérie

noch gesagt und sich in Seitenlage auf den Ellbogen gestützt.

Schmerzgerötet und mit qualvoller Grimasse ist Jean-Pierre neben uns zusammengesackt, ein Bein in die Luft gestreckt. Er hat mit einem Ruck Valérie das Bikinioberteil heruntergerissen und es sich als Knebel um die Wade geschlungen. Ich, der ich für die beiden eine sich behutsam entwickelnde Liebesbeziehung vorgesehen hatte, mit Lagerfeuer im Atlas und gegenseitigem Öffnen ihrer gebrochenen Herzen, feixte.

»Willst du vielleicht auch noch mein Höschen, wie, du Arsch!« hat Valérie geschrien und die Serviette, mit der ich versuchte, ihren blanken Busen zu bedecken, abgewehrt.

»Ein Stachelfisch«, hat Jean-Pierre gekeucht. »Ich kenn das. In Ramatuelle damals war's das gleiche. Ich bin allergisch ... Ich habe ... Die Nummer meines Arztes ist im Hotelzimmer ...«

Damit ist er zitternd auf der Matratze zusammengebrochen. Wahrlich kein Staat zu machen mit diesem Typen.

Wutschnaubend ist Valérie aufgesprungen, hat ihr T-Shirt übergestreift und mich angeraunzt:

»Ist das zu fassen! Da sind mir meine Gänse dann doch lieber!«

Sie ist auf den schmalen Weg am anderen Ende des Strandes zugelaufen, hinter die Eukalyptusbäume. Ich machte mich bereits mehr oder weniger darauf gefaßt, daß unsere Reise vorbei war, als sie mit einem netten jungen Burschen zurückkam, der mir geholfen hat, den Attaché in sein Taxi zu verfrachten.

»Mir ist schlecht«, ächzte Jean-Pierre.

»Nicht doch«, gab ich zurück.

Die Urlauber unterbrachen ihr Volleyball-Match, als wir an ihnen vorbeikamen, und ich schämte mich, diesen lächerlichen Hampelmann in der Verkleidung eines Wüstenhelden, mit einem Büstenhalter um die Wade, über den Strand zu schleppen; ich schämte mich und nahm ihm das schwer übel.

»Wir in Poliklinik fahren, Missieur«, sagte der Chauffeur. »Dort man dich gesund machen.«

Und auch dem Fahrer nahm ich übel, daß er auf so schwachsinnige Weise in meiner Sprache redete, ich hätte mich gern mit ihm geprügelt, zwei Araber unter sich, um ein einziges Mal mit jemandem auf normale Weise und so, wie ich das kannte, ein deutliches Wörtchen zu reden; ich hatte das hier satt, satt und nochmals satt. Ich habe den anderen Blödmann auf den Rücksitz verfrachtet, von dem aus er verwirrt gestammelt hat:

»Und ... und mein Telefon?«

»Vergiß es!« habe ich gesagt.

Er hat wieder mit den Zähnen geklappert, bis er, den Kopf an meiner Schulter, in dem Schrottkarren, der uns auf dem Sandweg kräftig durchschüttelte, ohnmächtig wurde. Wirklich eine Pißnelke, dieser Knabe. Valérie hatte schon recht. Sie hat, über das Knie des Attachés hinweg, den wir uns mit Schulterbewegungen abwechselnd zuschanzten, meine Hand genommen, und zu spüren, daß sie ebenso sauer war wie ich und daß wir uns auch ohne Worte verstanden, war immerhin ein kleiner Trost. Irgendwie ging etwas mit uns vor, etwas mir bis dahin völlig Unbekanntes, wir waren uns ähnlich, sie mit ihren Jahren des sinnlosen Herumstudierens, um dann als Fremdenführerin zu enden, und ich mit meinen Jahren, die ich mit dem Knacken von Autos vertan hatte, todunglücklich darüber, nicht länger zur Schule gehen zu dürfen. Wir ergänzten uns, waren, jeder auf seine Weise, arme Schlucker im Windschatten dieses Katastrophen-Attachés, den wir am liebsten nach Hause geschickt hätten, mit einem Zettel für seine Frau. Andererseits ist Egoismus auf Dauer nicht meine Stärke – möglicherweise, weil ich nichts zu verteidigen habe.

Ich habe Valéries Hand losgelassen. Gleichzeitig mit mir hat sie eine Hand auf das Knie von Jean-Pierre gelegt, der vor sich hin phantasierte, und wegen dieser Geste habe ich mich noch mehr in sie verliebt. Wo mir doch genau das vorschwebte: daß sie dieses Würstchen an meiner Seite bemuttert und mir das Gefühl gibt, der Vater zu sein. Unmöglich zu sagen, ob hier meine Kindheit mit hereinspielte; es ging aber auch von ihr aus – ich spürte deutlich, daß wir, um uns wirklich zu lieben, etwas Intelligenteres brauchten als Sex.

Gerührt sah ich sie an, und nach einer Weile ist mir aufgefallen, daß der Attaché ganz aufgedunsen war. Mit seiner Allergie war demnach nicht zu spaßen. In seinem geschwollenen Zustand drohte er uns die Sicht zu versperren. Weil ich mir das Lachen nicht verkneifen konnte, habe ich anstandshalber weggeschaut. Auch Valérie schien sich auszumalen, wie er dicker und immer dicker werden und uns gegen die Türen quetschen würde. Ich hörte die kleinen Gluckser, mit denen sie ein Losprusten abwürgte – süße Musik der Kumpanei. Schon möglich, daß dies nicht der richtige Augenblick war, einem Glücksgefühl nachzuhängen, aber da man nie weiß, welches Unheil einem bevorsteht, sollte man eine Hochstimmung auskosten, wann immer sie einen überkommt. Das ist meine Einstellung, und dieses eine Mal konnte ich sie mit jemandem teilen …

Die Poliklinik war ein neuer Bau auf einem Hügel, ungleich luxuriöser als das kleine Krankenhaus Saint-Joseph in Marseille-Nord. Ein Arzt in schneeweißem Kittel hat das auf eine Trage gehievte Opfer in seine Obhut genommen und ist dann wiedergekommen, um unsere Personalien auf seiner Karteikarte festzuhalten.

»Eine Zufallsbekanntschaft«, habe ich gesagt.

»Und Sie?« hat er Valérie gefragt.

»Ich bin die Besitzerin des Büstenhalters.«

Er hat den Kopf gehoben und sie darauf hingewiesen, daß der behelfsmäßige Knebel aus ihrem Bikinioberteil viel zu eng gewesen sei, dadurch hätte man den Patienten der Gefahr eines Gangräns ausgesetzt. Außerdem sei er Allergiker, hat Valérie hinzugefügt, wogegen wisse sie allerdings nicht. Jedenfalls hat der Arzt noch gesagt, man habe ihm bereits eine Spritze gegeben, alles weitere bleibe abzuwarten. Er ist verschwunden, ohne unsere Karteikarten mitzunehmen.

Ein komischer Kauz, habe ich Valérie zugeraunt, und sie hat erwidert, nur gut, daß nicht Ramadan ist. Letztes Jahr habe sich ihr Vater während des Fastenmonats einer Operation an der Gallenblase unterziehen müssen, und beim Vernähen der Wunde sei der Chirurg ohnmächtig geworden. Um die düsteren Vorahnungen zu verscheuchen, habe ich sie gefragt, womit ihr Vater sein Geld verdiente. Er ist Arzt, hat sie gesagt, ausgerechnet, nur daß er wegen seines Alkoholproblems nicht mehr praktiziere; jetzt arbeite er als Gärtner, aus reiner Verzweiflung: Mit dem Tod seiner Frau sei die Welt für ihn zusammengebrochen.

Ich bin unvermittelt sehr traurig geworden, weil ich mir gesagt habe, daß, sollte Jean-Pierre auf seiner Trage sterben, die Welt sich ohne ihn weiterdrehen würde. Seine Clémentine wäre dann Witwe, was immerhin schmeichelhafter ist als geschieden, und seine Eltern in Lothringen würden verständlicherweise zwar trauern, dafür aber die Erinnerung an einen siebzehnjährigen Schriftsteller bewahren; den armen Teufel von Attaché für Humanitäres mit seinem Diplomatenkoffer, dem schnurlosen Telefon und dem Baseball-Käppi kannten sie ja nicht. Der wiederum wäre mein Verstorbener, ich wäre möglicherweise der einzige, der ihn als solchen beweinen würde, auch wenn es sein Gutes hätte, überhaupt jemanden beweinen zu können: Ihm zumindest hätte ich etwas bedeutet, und er ließe mich hilflos allein zurück, weil er gegen seinen Willen von mir gegangen wäre.

Eine halbe Stunde später haben wir ihn zurückbekommen, entschwollen, unsicheren Schritts, hochzufrieden, seinen Allergieanfall überstanden zu haben, wo ich doch letztesmal, in Ramatuelle, haltet euch fest, geschlagene drei Tage mit über vierzig Grad Fieber im Delirium lag. Er hat sich für die Unannehmlichkeiten entschuldigt, wollte Valérie unbedingt einen neuen Bikini schenken. Allmählich schien er sich für sie zu erwärmen. Während ihres Einkaufbummels bin ich im Taxi sitzen geblieben. Er wirkte ein wenig enttäuscht, daß ich seinen Überschwang nicht teilte, aber ich mußte erst einmal meinen Kummer abbauen. Wo ich ihn doch dreißig Minuten zuvor noch zu Grabe getragen hatte.

FAHRTENBUCH JEAN-PIERRE SCHNEIDER AGADIR – IRGHIZ (MAROKKO)

Mittwoch, 25.
Klares Wetter, Sonne, 25°.

Aufbruch um 14 Uhr, auf der Route P32, die Agadir mit Ouarzazate verbindet. Wir durchqueren die Ebene von Sous, eine üppige Landschaft, in der Hirten ihre Ziegen um Ölbäume und um Sapotegewächse weiden, dessen lange Dornen uns zu einem ersten Halt gezwungen haben, weil ein Reifen geplatzt ist. Aziz wechselt ihn.

Schäfer in Burnussen kommen von überall her angerannt, nicht um, wie ich leichtgläubig angenommen habe, mit Hand anzulegen, sondern um uns anzubetteln. Unsere Reiseleiterin hindert mich daran, meine Brieftasche zu zücken, sagt, es seien zu viele. Zum Trost für diese Unglücklichen bringt sie mir mein erstes Arabisch bei, den Ausdruck *»Achib Allah«*, was soviel bedeutet wie »Allah wird dir geben.« Das sage ich zu ihnen, und allmählich klappt auch die Aussprache; die zuletzt Hinzugekommenen werden am besten bedient. Kleiner Scherz am Rande, obwohl dieses Elend, das keines ist, sondern vielmehr ein Reflex, betroffen macht. Schuld daran trägt einmal mehr der Westen: Wo immer er seinen Fuß hinsetzt, drückt er seinen Stempel auf, schafft Bedürfnisse. *Achib Allah.* Subtilität des Rituals, aufgepfropft auf eine schäbige Wirklichkeit.

Der bewunderungswürdige Ausspruch von Lucien Guitry drängt sich mir auf, der, als er einen Blinden an einer Mauer hocken sieht, seinem Sohn, dem kleinen Sacha, ein Goldstück gibt, damit der es dem Bettler in den Hut wirft. »Warum hast du diesen Mann nicht angelächelt, als du ihm das Almosen gabst, Sacha?« – »Aber Vater, er ist doch blind.« Und darauf Lucien Guitry: »Gewiß, Sacha, aber *wenn er nun nur vorgibt, blind zu sein*?«

Nachdem Aziz den Wagen wieder flottgemacht hat, geht es weiter. Ich möchte so schnell wie möglich dieses vom Tourismus verseuchte Flachland hinter mir lassen. Dabei ist mir der Modellcharakter dieser Reise durchaus bewußt – alles ist wichtig.

Hitze erträglich. Aziz sitzt vorn, ich auf der Rückbank, unter mir die Benzinkanister, und der Luftzug, der durch mein Seitenfenster dringt, hat, je länger wir unterwegs sind, mein Unwohlsein schwinden lassen. Aziz schaut zu den verschneiten Gipfeln des Atlas hinüber, die wir linker Hand auftauchen sehen. Ich ahne die Unruhe, die er verspürt – ich werde später in aller Ruhe versuchen, die richtigen Worte dafür zu finden. Dies hier sind lediglich Stichpunkte, ein Bordbuch, das die Authentizität der

Rundreise belegen soll und mir gleichzeitig erlaubt, a posteriori etwaigen Gedächtnislücken auf die Sprünge zu helfen.

Ich kritzle diese Zeilen am Rande eines Wasserfalls, um mich herum eine Gruppe deutscher Picknicker, die die Harmonie des Ortes stört. Rosenlorbeerbüsche. Dattelpalmen. Feigenbäume. Kamele zu mieten. Anhand der Generalstabskarte habe ich festgestellt, daß die Reiseleiterin auf der abgesteckten Route einen Umweg von vierzig Kilometern gemacht hat, nur wegen dieses Aussichtspunkts. Werde ihr heute abend oder morgen in aller Deutlichkeit klarmachen, daß wir nicht hier sind, um *Touristen* zu spielen. Was immer die Landschaft an Malerischem verheißt, aber nicht zufällig auf der von Aziz angegebenen Strecke liegt, hat uns nicht zu interessieren, wie schön es auch immer sein mag.

Ohne anzuhalten durch Taroudannt mit seinen Souks und seinen Bougainvilleas, seinen Festungswällen aus dem 18. Jahrhundert, auf denen Störche nisten. Mademoiselle d'Armeray hat Verständnis für meine Ungeduld, das heißt für meinen Vorwärtsdrang. Ich *entdecke* nicht: ich speichere. Ich bereite mich vor. Ich übe mich.

Seit wie vielen Jahren habe ich nicht mehr geschrieben! Der Stil. An den Stil denken.

PS: Bei der Paßkontrolle durch die Polizei in Taliouine habe ich ihren vollständigen Nachnamen entziffert: d'Armeray de Villeneuve. Ein Villeneuve ist mir schon mal im Vorbereitungskurs für die Universität untergekommen. Fragen, ob sie miteinander verwandt sind?

Donnerstag, 26.
Wetter unverändert.

Übernachtung im Club Karam, dem 5-Sterne-Hotel von Ouarzazate. Gräßlich. Klimaanlage, Zimmer-Service. Bestehe darauf, von jetzt an in Privatunterkünften zu schlafen, schlimmstenfalls in ländlichen Herbergen. Außerdem, Teufel noch mal, haben wir Zelte im Gepäck! Warum also nicht unter freiem Himmel?! Die sterile Atmosphäre internationaler Hotels hat in unserer Geschichte nichts zu suchen.

Zu Ouarzazate: Keine besonderen Vorkommnisse – die Garnison der Fremdenlegion bestimmt das Straßenbild. Reisebusse mit Amerikanern fahren im Schrittempo in das Lehmdorf, in dem Orson Welles den Film *Sodom und Gomorrha* gedreht hat. Souvenirs in Form von Zigarren und »Original«-Regiestühlen mit seinem Namen auf der Lehne. Jämmerlich.

Ich bemühe mich, wieder Kontakt zu Aziz zu bekommen. Er entzieht sich mir, ich begreife nicht, was in ihm vorgeht. Auf dem Flughafen von Rabat, als wir den Grundstein zu unserem Buch legten, schien er meine Begeisterung voll und ganz zu teilen. Auf *seine Betrachtungsweise* seines Landes kommt es mir an: Er fungiert schließlich als Erzähler. Meine eigene Meinung tut nichts zur Sache, ich zwinge mich, sie hintanzustellen. Falls sich Aziz weiterhin in Schweigen hüllt, können wir unser Vorhaben, ein Buch zu schreiben, vergessen.

Vielleicht stört sich Aziz daran, daß wir zu dritt sind. Ich sollte mit Valérie sprechen, aber auch das ist schwierig. Ich spüre, daß etwas zwischen uns steht, und das hat wiederum mit Aziz zu tun. Er hat gemerkt, daß sie sich allem Anschein nach zu mir hingezogen fühlt – obwohl sie tapfer dagegen ankämpft. Ihre instinktive Kühle ist in ihrem Beruf und bei der ewigen Anmache liebestoller Männer zwingend geboten. Könnte es sein, daß in Anbetracht ihres Aussehens, ihres jugendlichen Alters, ihres Lächelns, ihrer wohlgeformten Schultern Aziz *eifersüchtig* auf mich ist?

Wenn dem so ist, wäre das zwar dem Zustandekommen des Romans abträglich, dafür wunderbar für mich. Sechs Monate vor meinem dreiunddreißigsten Geburtstag. Mein Gott. »Was hast du mit deiner Begabung angefangen?« Ja, ja, ich weiß. Aber für wen mich anstrengen? Ich hatte für weibliche Blicke nichts mehr übrig, seit meine eigene Frau mich nicht mehr sah. Valérie d'Armeray de Villeneuve.

Lassen wir das.

PS : Nichts Anzügliches spricht aus den Gefühlen, die sie mir entgegenbringt, sondern einzig geistige Übereinstimmung. Wie ist es nur möglich, daß sie sich derart hat ausnutzen lassen, sie, die aus behütetem Milieu stammt und der man das Pensionat anmerkt, die Sonntage in der Kirche, bestickte Bettwäsche, Klavierstunden, Golfunterricht? Sie identifiziert sich mit mir, sieht in mir den, den das Diplomatenschildchen an meinem Gepäck ausweist, hält mich vielleicht gar für einen Nachkömmling der Schneiders aus dem Creusot, jener politisch so einflußreichen Industriellen-Dynastie, die die Geschichtsprofessoren »Schnèdre« nennen, um vor ihren Schülern zu glänzen, genauso wie sie »Breuil« sagen, »Lass« oder »Trémouille«, alles große Namen, die anders ausgesprochen als geschrieben werden; Kultur von der Stange. Obwohl doch Aziz der Prinz ist, der Erbe, der letzte seines Stammes, die Tradition, die Bestand hat. Ich bekenne mich sonntags zu *L'Humanité*, unter der Woche zu meinem Vorgesetzten, dem vorgezeichneten Leben in seiner ganzen Eintönigkeit, vom Reihenhäuschen in die Fabrik und von der Fabrik ins Café; der Zusammenhalt der Kumpel, ihr anrührender Stolz, die zur allgemeinen Zufriedenheit geleistete Arbeit – mit alldem habe ich gebrochen.

Auch sie ist eine Rebellin. Ihr feines Haar, das, zu einem Knoten aufgesteckt, so hübsch aussehen könnte, wäre es nicht unter eine Küchenschere geraten, diese Haut bar jeder Schminke, diese Tätowierung am Arm, diese herrische Art, das Kinn vorzuschieben, wenn sie arabisch spricht, die durchdringende Stimme. Eine starrsinnige Rebellin ... Sie hat sich für die Pisten, die Wadis, die Weite entschieden. Ich habe die Bücher gewählt, die

Freiheit, das Studium. Was ist aus mir geworden? Beauftragter der Regierung, Presseattaché. Und sie? Zieht durch die Gegend, mit Horden stumpfsinniger Touristen, die zu Postkartenverkäufern degradierte Tuaregs fotografieren.

Im Restaurant gestern abend, hinter diesen wie Zauberbücher gefalteten Speisekarten, ihr blau umflorter Blick auf meinen Händen. Meine gedrungenen, vierschrötigen, untätigen Hände. Geschaffen, um das flüssige Erz in Formen zu gießen, seit drei Generationen, dagegen so ungeschickt im Umgang mit einem Füller. Und dennoch ... Wenn du mich in diesem Augenblick sehen könntest, Valérie, auf meinem Plastikstuhl, vor mir ein Joghurt, in dem meine Getreidekeime versinken, auf dieser Terrasse mit Aussicht auf die Gipfel des Hohen Atlas, schreibend, unermüdlich schreibend, ohne etwas von der Schönheit der Landschaft aufzunehmen, weil ich für sie nichts übrig habe. Einzig diese Hände zählen, diese Hände, die zu sagen versuchen, wer ich bin. Diese Hände, die ich bei den Cocktails in der Botschaft und bei den Abendessen in der Stadt stets versteckt habe – gestern abend habe ich sie dir vertrauensvoll entgegengestreckt. Um dich meinen Verzicht, meine Flucht ahnen zu lassen, als Gegenleistung für das Mitleid, das in deinen Augen aufflackerte.

Acht Uhr: Wir müssen los.

PPS: Ich begehre sie.

Freitag, 27.
Schäfchenwolken, etwas kühler.

Clémentine tritt in den Hintergrund. Sie hatte als einzige an mich geglaubt; sie hat mich verlassen, als *ich* aufgehört habe, an mich zu glauben. Die Worte, zu denen ich wiedergefunden habe, bringen sie nicht zurück: Es ist zu spät. Ich schreibe ohne dich, Clé. Ob du dies jemals lesen wirst? Sollte ich meinen Roman zu Ende bringen, werde ich ihn dir widmen. Jeder nimmt auf seine Weise Abschied.

Umwerfendes Plakat an der Ausfahrt von Ouarzazate: Ein im naiven Stil gemaltes Kamel weist die Nomaden früherer Zeiten darauf hin, daß Timbuktu lediglich zweiundfünfzig Tagereisen per Karawane entfernt ist.

Erste richtig wilde Landschaft: gähnende Schluchten aus rotem Felsgestein, der Landrover versackt in den Schlammlöchern eines Schotterwegs in einem silbrig glänzenden Wadi. Beeindruckend. Im Motorenlärm habe ich den Namen nicht verstanden. Wir haben die Route P32 verlassen. Endlich! Weit und breit kein Tourist mehr zu sehen, das Abenteuer beginnt. Ein paar Berber winken, wollen mitfahren. Valérie hält nicht an. Durch mein offenes Fenster schreie ich ihnen *»Achib Allah!«* zu.

In unserem Wagen herrscht eine unterschwellige Spannung. Wir alle spüren, daß das Unternehmen in seine entscheidende Phase tritt, daß wir *wirklich und wahrhaftig* auf dem Weg nach Irghiz sind. Aziz schweigt noch immer, obwohl sich sein Verhalten geändert, wie ein Wind zu unseren Gunsten gedreht hat. Ich habe das Gefühl, als ob das Lächeln, das mir Valérie durch den Rückspiegel zuwirft, ein offenes, freundschaftliches Lächeln, aus dem verhaltene Neugier spricht, als ob dieses Lächeln eine beruhigende Wirkung auf ihn ausübt. Mein Verdacht war unbegründet. Er ist nicht auf mich eifersüchtig (wie anmaßend!) – vielmehr hatte er, der mein Interesse für Valérie sehr wohl spürte, einfach nur Angst, daß eine Verweigerung ihrerseits die Atmosphäre unserer Expedition vergiften würde. Seit er gemerkt hat, daß Valérie nicht länger in Abwehrposition verharrt, ist er aufgetaut. Er möchte wohl so etwas wie die Patenschaft für uns übernehmen. Wie nannte man das damals im Gymnasium? Ach ja: die Kerze halten. Aziz, mein Fährtensucher, legt sich die Streichhölzer zurecht.

Dennoch bleibt mir dieser Knabe ein Rätsel. Seine Arglosigkeit, sein taktvolles Schweigen, diese Fürsorge, mit der er mich umgibt, die Reife dieses steinalten Kindes, das gelassen die Jahrhunderte hat verrinnen sehen. Er soll dem Buch eine mythische Dimension verleihen. Alles wird auf diese Figur zugeschnitten sein, von der ich eines Tages und dadurch, daß ich mir ihren Blickwinkel und ihre Phantasie zu eigen mache, als »ich« zu sprechen in der Lage sein werde. Ich weiß doch genau, wie der Hase läuft. Mich kann man nicht an der Nase herumführen. Sein Tal von Irghiz ist nichts weiter als eine Oase am Fuße eines Djebels, wie die drei anderen auch, durch die wir bisher gekommen sind. Seine grauen Menschen sind ganz gewöhnliche Berber, nur daß er sie verklärt hat, um mir seine Heimat schmackhaft zu machen, was eigentlich nur normal und verständlich ist. Würde ich auch tun, wenn irgendwann einmal die Rede auf Uckange käme, ich würde das Hohelied der Eisenhütte hinter unserem kleinen Garten singen, obwohl ich mich dort im Lärm des Hochofens und der Sirenen, die meinen Schlaf durchbohrten, um siebzehn lange Jahre meines Lebens habe bescheißen lassen.

Geradezu unbegreiflich ist seine hartnäckige Weigerung, arabisch zu sprechen. Valérie hat es übernommen, in den Gasthäusern für uns zu bestellen, an der *mhatta d'lessence* (Tankstelle) die Benzinvorräte auffüllen zu lassen, bei Polizeikontrollen meine offiziellen Passierscheine zu zeigen. Warum verweigert er sich seiner Sprache? Geniert er sich vor seinen Landsleuten, die ihn in einer Art grüner Minna, denn um eine solche handelt es sich bei unserem Auto de facto, zu Gesicht bekommen? Oder etwa aus Zartgefühl mir gegenüber, der ich trotz Sprachbarriere in seine Haut schlüpfen soll? Möglich auch, daß sich sein Dialekt von denen unterscheidet, mit denen wir es unterwegs zu tun haben. Muß unbedingt dahinterkommen.

Beim Tanken habe ich ihm die Frage gestellt, die ich mir seit Marseille verkniffen habe, um ihm die Rückkehr in die angestammte Heimat nicht zu erschweren: Wer ihm beigebracht habe, so gut französisch zu sprechen? Ein Stammesbruder? Monsieur Giraudy? Statt einer Antwort hat er seinerseits gefragt: »Und Ihnen?« Ich habe nicht kapiert.

Mittags dann, in Msinar, einem Dorf, in dem wir zum Essen Halt machten, hat es Aziz noch weiter auf die Spitze getrieben. Als wir das Haus des Dorfbewohners betraten, wo wir auf meinen Wunsch einkehrten, hat er sich, wie wir auch, der Sitte des Landes entsprechend die Schuhe ausgezogen, bei Tisch dann aber ein unmögliches, unbegreifliches Verhalten an den Tag gelegt. Da es kein Besteck gab, hat er mit den Fingern gegessen, dabei jedoch *die linke Hand benutzt*, was äußerst ungebührlich ist und im Atlas als vorsätzliche Beleidung betrachtet wird. Hier, so hat mich Valérie aufgeklärt, als uns der Einheimische daraufhin prompt an die Luft setzte, gilt die linke Hand als unrein.

Aziz ist schon seltsam. Herausfordernd, gottlos, ungehobelt, keine Ahnung von seinen angestammten Traditionen? Nein. *Er will mir aus der Klemme helfen.* Beschwört diese Zwischenfälle herauf, die meinem Buch Würze geben sollen. Das ist schier unglaublich. Ich habe ihn als meine Muse betrachtet, und jetzt steht mir eine Art Erzengel zur Seite, der den Ablauf der Ereignisse durcheinanderwirbelt und die Menschen auf unserem Weg aus ihrer Reserve lockt, um mir dadurch Stoff für mein Buch zu liefern.

Wie wohl die Fahrt im Jeep von diesem Omar verlaufen wäre, den ich aufgetrieben hatte? Nicht einmal für ein Kapitel hätte es gereicht. Fünf Seiten. Danke, Aziz.

(*Chokran* oder feierlicher: *Baraka Allah oufik.* Wörtlich: Allah möge dir angemessene Kraft verleihen.)

Gegen 17 Uhr, während einer Rast im zauberhaften Talkessel von Jaffar (Kamelherden, alte Zedern, Wacholdersträucher, das unüberwindliche Massiv des schneebedeckten Djebel Ayachi), nutze ich die Abwesenheit von Aziz, der sich zur Befriedigung eines menschlichen Bedürfnisses in die Ginsterbüsche verdrückt hat, um Valérie über den Mythos zu befragen, der sich um Irghiz rankt. Die Lippen kaum bewegend, bestätigt sie die Version vom »geheiligten Tal«, in dem prähistorische Tiere und Pflanzen überlebt haben. Was sie sagt, klingt eher wie eine Zurechtweisung, so als ginge es darum, eine schier beleidigende Skepsis meinerseits zu untergraben (ist Skepsis im Atlas die »linke Hand« des Verstandes?).

Es kommt mir vor, als spräche ich mit einem Spezialisten der NASA, der aus den Unterlagen über ein Ufo referiert: Geschwindigkeitsangaben, Röntgenuntersuchungen, Materialproben. Analytische Genauigkeit im Dienst einer *möglichen* Hypothese (Exkurs: Meine Eindrücke vom Podiumsgespräch »Wissenschaft und ihre Grenzen« von Puy-Saint-Vincent überarbeiten, zu dem ich auf Ersuchen der Kulturabteilung diesen spanischen Physiker begleitet habe, der angeblich die Formeln für seine bedeutende Entdeckung von Molekülen von der extraterrestrischen Zivilisation Umnit eingeflüstert bekommt. Nach Meinung von Loupiac ein Komplott des KGB, um die europäischen Wissenschaftler zu diskreditieren. Ich habe diese Ansicht nie geteilt. Begründen. Nein zur grundsätzlichen Ablehnung scheinbarer Hirngespinste. Respektieren, was über unser Begriffsvermögen hinausgeht.)

Valérie also überschüttete mich mit paläontologischen Beweisen: Abdrücke fossiler Saurier im Imi-n-Ifri (25 Millionen Jahre) und deren große Eier, die man außergewöhnlich gut konserviert aufgefunden habe, neolithische Kultstätten des Tizi n'Tirghist, Tausende in die Felsen von Tinsouline und Draa geritzte Zeichnungen, samt und sonders mit dem Meißel ausgeführt (10 000 Jahre) ... Ihrer Ansicht nach ist Marokko eine Fundgrube für sagenhafte Spuren aus der Vergangenheit, für unberührte Orte und nicht zu entziffernde Geheimnisse. Unerreichbar in den Flanken des Hohen Atlas versteckt, gebe es Hunderte von Irghiz. Und die im Bau befindliche Teerstraße CT 1808, die das Tal der grauen Menschen bedrohe, sei einzig und allein dafür gedacht, die Zufahrt zur geplanten Skistation am Djebel Ouaoulzat (3770 m) zu gewährleisten, ein schändlicher Eingriff in die Natur, wie die eben passierte Baustelle zeige.

Als Aziz wieder aufgetaucht ist, hat sie ihn aufgefordert, alles zu bestätigen. Und ihn dann gefragt, ob es noch weit sei. Er hat sich mitten in den Talkessel gestellt, die Hände in die Seiten gestemmt, hat sich umgedreht, langsam und als hielte er in dem blendenden Weiß der Gipfel Ausschau nach dem Gebirgssattel, den zu überwinden ihn am wenigsten schwierig dünkte. Sie hat etwas auf arabisch zu ihm gesagt, worauf er nachdrücklich und sehr ernst den Kopf geschüttelt hat. Dann hat sie mich angeschaut. Was sie ihn gefragt hat, wollte sie mir nicht übersetzen.

Abends schmackhafte Mahlzeit in einem *tighremt*, einem solide gebauten ockerfarbenen Haus mit weißumrandeten Fenstern zur Abschreckung der bösen Geister *(jnoun)*. Pfefferminztee, *harira* (eine undefinierbare Suppe), *tajine* mit Backpflaumen, *kefta* (Bouletten), Pfefferschoten, die ich wegen ihrer Größe fälschlicherweise für Paprikaschoten hielt, und, ungeachtet Valéries Warnung vor Bakterien, zwei Liter Wasser, um den Brand zu löschen. Ist mir doch egal. Das einzig Unreine, das es jetzt für mich zu beachten gilt, ist meine linke Hand. Zweiunddreißig Jahre lang Evian-Wasser sind genug. Ich möchte leben. Meine Getreidekeime habe ich weggeworfen.

Als ich mich in dem aus Lehmziegeln errichteten Dorf mit brennender Kehle zu den Schafen und den Korkeichen verzogen hatte, um ungestört zu schwitzen, ist mir Valérie nachgekommen. Wir haben uns auf herumliegende Autoreifen gesetzt. Sie hat meine Hand genommen. Wie durch Zauberkraft schien der Schweiß, der bereits mein Polohemd durchtränkte, zum Stillstand zu kommen. Sie hat mir gestanden, daß Aziz den Weg in sein Tal nicht mehr finden könne. Wir hätten jede Menge Zeit, habe ich gesagt. Und daß es mir unendlich viel bedeute, endlich einmal Zeit zu haben. Sie hat ihre Lippen auf meinen Mund gepreßt, mir einen Kuß gegeben, der etwa zwanzig Sekunden gedauert hat. Hinterher hat sie mich mit vorgeschobenem Kinn, die Augen von einer Haarsträhne verdeckt, gefragt, ob es mir besser gehe. Ja, habe ich gesagt. Sie habe nur die Nachwirkungen der Pfefferschoten ein wenig lindern wollen, hat sie geflüstert, und sie vögeln zu wollen sei zwecklos.

Ich habe ihr nachgeschaut, wie sie sich in Richtung Kasbah entfernte. Ihre schlanke Gestalt, so blutjung, so lebendig, so unerreichbar. Wie eine Fee zur Liebe überreden, wenn sie sich über einen lustig macht? Hat sie überhaupt Erfahrung? Etwas ungeheuer Jungfräuliches geht von ihr aus, und vielleicht versucht sie mir das bewußt zu machen, indem sie sich widerspenstig zeigt, eigensinnig und verträumt zugleich, melancholisch, ohne daß man ahnt, warum. Ich habe noch nie eine Frau entjungfert. Agnès, Agnès … Wie weit weg du bist, in meinem Zimmer in Uckange, als ich dir aus meinem Manuskript vorlas und dich, um uns herum die mit Bleistift vollgekritzelten Hefte, deren Sätzen du, meine einzige Leserin, eben noch gelauscht hattest, auf dem Bett umarmte, dich streichelte und du nein sagtest, »lies weiter« sagtest. Und ich las weiter.

Sollten wir uns einander hingeben, Valérie, und sollte das dein erstes Mal sein, werde ich ebenso unerfahren sein wie du. Ich bin mit einemmal wieder fünfzehn. Und, wie ich vermelden kann, lindert dein Kuß in keinster Weise die Wirkung der Pfefferschoten.

Ich bin glücklich. Bin ich das?

Abwarten.

Erste Nacht unterm Sternenhimmel. Ich bin ein elender Pechvogel, denn ich habe das gelbe Zelt aufgeschlitzt, als ich eine zu lange Schnur abschneiden wollte. Valérie baut das grüne auf und zieht sich darin zurück, löscht unmittelbar darauf ihre Gaslampe.

Um ein Uhr morgens ein wahnsinniges Gewitter von dantesken Ausmaßen. Aziz und ich flüchten uns pudelnaß in den Landrover. Zehn Minuten später reißt eine Schlammlawine, die aus dem Nichts aufgetaucht ist, das Zelt, das wir kurz zuvor verlassen haben, mit sich. Wir hasten zu dem von Valérie, klopfen an, öffnen den Reißverschluß. Aus dem Halbschlaf heraus beschimpft sie uns, sagt, wir sollen sie in Ruhe lassen. Die Schlammlawine stürzt drei Meter von ihrem Schlaf entfernt zu Tal. Wir zögern, sie gewaltsam herauszuschaffen, schieben deshalb jetzt hinter der Windschutzscheibe Wache, beobachten die Sintflut bis zum Abzug des Gewitters.

Sieben Uhr morgens. Die Temperatur ist um 15 Grad gefallen. Valérie, in einen Pullover gewickelt, hat eben ihr Zelt verlassen. Ich blende die Scheinwerfer auf, damit sie sieht, wo sie hintritt, steige aus, bringe ihr die Thermosflasche. Sie wirft einen flüchtigen Blick auf die Furt, die sich der nächtliche Sturzbach gegraben hat, und sagt diesen unvergeßlichen Satz zu mir: »Menschen, die nicht mehr am Leben hängen, wissen genau, wann sie sterben. Für mich bestand keinerlei Gefahr.«

Sie pinkelt hinter ihr Zelt und legt sich wieder schlafen.

Der neue Tag kündigt sich an, der Himmel ist jetzt klar, schimmert bläulich im Licht der Sterne. Ich schraube die Thermosflasche zu, steige in den Wagen und schreibe weiter, wobei ich das Lenkrad als Unterlage benutze. Aziz, der sich in seinem Schlafsack an die Seitentür gedrückt hat, grummelt, ich soll die Deckenbeleuchtung ausmachen, wegen der Batterie. Und schläft weiter. Hoch über uns kreist ein Adler.

Ich lese noch einmal den Satz, den Valérie von sich gegeben hat. Er soll die Quintessenz meines Buchs sein. Mein Buch. Ich weiß nicht mehr, was drinstehen wird. Irghiz, graue Menschen, der Quai d'Orsay, mein Auftrag, die Wiedereingliederung von Aziz, der sich ohne mein Zutun wieder eingliedert, all das bedeutet mir nichts mehr. Valérie, Valérie, Valérie. Seufz. Ich lege meinen Füller beiseite, um den Satz träumend zu beenden.

Sonntag, 29.
Strahlende Sonne, 20°.

Ich weiß nicht, wo anfangen. Mein Leben gerät aus den Fugen.

Gestern abend habe ich keine Eintragungen gemacht. Es ging nicht.

Wunderbar, beängstigend, unsagbar.

Wozu dient ein Adjektiv?

Samstagmorgen, um zehn vor acht, trommelt Valérie an meine Tür. Ich wache auf, öffne. Sie zieht mich aus dem Landrover, schleppt mich zum Rand der Klippe. Unter mir *blüht* die Wüste. Zartlila, gelb, rot, blau blitzt es im gleißenden Sonnenlicht auf. Als ich sie hingerissen an mich drücke, sagt sie, das habe nichts mit ihr zu tun, das sei ein natürliches Phänomen. Selten, aber natürlich. Wie die Liebe. Die Samenkörner des Atlas könnten jahrelang überdauern, so lange, bis genügend Regen bewirke, daß sie keimen, und beim ersten Sonnenstrahl explodierten sie dann förmlich, alle auf einmal.

Ich lege den Kopf auf ihre Schulter. Sie faßt mich um die Hüfte. Augenblick der Erfüllung, der Grenzenlosigkeit, der Gewißheit – die Ausarbeitung vollständiger Sätze muß ich auf später verschieben. Die Worte verweigern sich; Banalität ist mir fast ebenso zuwider wie Lyrisches. Wie gern würde ich ihr schreiben und dann auf Antwort warten, aber ich habe im Leben bereits zuviel versäumt. Deshalb nehme ich sie bei der Hand und laufe mit ihr zu dem kleinen See, in dessen Nähe wir lagern, will mit ihr ins Wasser steigen, zu den sich wie närrisch gebärdenden rosa Flamingos, um sie zu umarmen und die Wellen über uns zusammenschlagen zu lassen. »Nein, nicht hier, Vorsicht!« schreit sie und dazu mehrmals einen Namen, der mir nichts sagt, Bill irgend etwas. Ein anderer Mann, den sie liebt oder der hier ertrunken ist? Was soll's. (Später erfahre ich, daß sie Bilharziose meint, eine von Würmern verursachte Darmerkrankung, die im Wasser auf den Menschen übertragen werden kann.) Nur noch ihr Körper im schlammigen Wasser zählt. Die

Welt gehört uns, ist menschenleer bis auf Aziz, der da drüben den Kaffee warm macht. Ich werfe sie in den Morast, reiße mir die Kleider vom Leib, als wäre ich ein gutgebauter Mann, sie stöhnt auf, und auf diesem Bett, das unter uns nachgibt, schenkt sie sich mir.

Nachtrag: Ich bin noch immer völlig benommen. Ich habe mich ungeschickt angestellt, war brutal, ich weiß, aber mein Verlangen, mein Notstand waren zu übermächtig, und sie hat mich schicksalergeben in sie eindringen lassen. Als ich gemerkt habe, daß nur ich gekommen bin, habe ich zerknirscht und kleinlaut *»Achib Allah«* zu ihr gesagt, wie zu einem Bettler, der leer ausgegangen ist. Sie hat nachsichtig gelächelt. Ich liebe dich. Du hast erwidert: »Unsinn.« Wart nur ab, bis ich ein Buch daraus gemacht habe.

Ich habe dir geholfen, wieder auf die Beine zu kommen, und dich sicherheitshalber gefragt (so absurd mir das schien, aber auch, um mich naiv zu geben), ob ich der erste gewesen sei. Du hast mich, ob aus Schamgefühl oder Stolz, angefaucht: »Im Wasser ja!«

Wir sind aus dem See gestiegen, der sofort wieder von den Flamingos vereinnahmt wurde. Ohne dich umzudrehen, bist du in deinem Zelt verschwunden. Ich habe mich zu Aziz gesellt, der sich auf einen Felsen am Rande des Wadis verzogen hatte und versuchte, Steine über das Wasser zu schlenzen. Er hat uns beobachtet, keine Frage. Er weinte. Ich bin zu ihm getreten, so dicht, daß ich ihn von der Sonne abschirmte, und habe mich entschuldigt.

Er hat erwidert, daß er nicht unsretwegen weine, sondern wegen des Wassers. Wegen der Liebe im Wasser. Als ich mehr darüber wissen wollte, hat er angefangen, von einer riesengroßen unterirdischen Lichtung am Grunde eines erloschenen uralten Vulkans zu erzählen, wo dank des Lichts, das durch den Kamin fiel, Platanen und Pinien wuchsen. Kleine Pferde einer längst ausgestorben geglaubten Rasse grasten um die heiße Quelle, in der trällernd und inmitten von Seerosen Lila badete, seine Liebste, die Tochter des Königs von Irghiz, der sie nie und nimmer einer einfachen Lerche *(sic)* zur Frau geben wollte, und deshalb habe er, Aziz, sich aus freien Stücken bereiterklärt, Monsieur Giraudy in Marseille ausfindig zu machen, und um so unglücklicher sei er jetzt, unverrichteter Dinge zurückzukommen – das habe nichts mit mir zu tun, betonte er –, und es sei kein Zufall, daß er den Zugang zum Tal nicht mehr finde: Seine linke Hand sei in den Augen der Einheimischen unrein geworden.

Ich schreibe dies in groben Zügen aus dem Gedächtnis nieder; die Vision dieses schönen, von der Sonne umfluteten Knaben, der beim Gedanken an einen nur in seiner Phantasie existierenden Vulkan weint, läßt mich kalt. Ab sofort will ich nichts mehr von seiner Geschichte wissen. Meine eigene beginnt. Soll er uns doch wochenlang seinen Berg umkreisen lassen: Ich bin verliebt, und ich habe Zeit.

Es stimmt also, daß man, wenn man glücklich ist, sehr rasch zum Egoisten wird? Ich habe auf die Uhr geschaut, um festzuhalten, daß ich an diesem Samstagmorgen um neun Uhr vierundvierzig Clémentine verziehen habe.

Und was habe ich ihr verziehen? Daß ihr *Lothringen* gefallen hat, mein Manuskript, das sie an einem Nachmittag in der Mensa gelesen hat, daß sie im Hause ihrer Mutter Diners veranstaltet hat für irgendwelche Verleger und ich zum Nachtisch aufgefordert worden bin, ein paar Seiten zum besten zu geben, »als kleine Kostprobe«? Die Lächerlichkeit hat uns umgebracht. Mich jedenfalls. Sie ist reich. Und mit einem Maler kommt man besser zu Rande. Zehn Sekunden lang eine Wand anstarren, und man kann sich eine Meinung bilden. Ein Maler stellt weit weniger Ansprüche als ein Schriftsteller. Außerdem sind sie wirklich schön, die Bilder von Loupiac.

Vor dem Mittagessen verträumter Spaziergang allein, das Wadi entlang, meine Gedanken sind bei Ihr, meiner neuen Sie, Valérie d'Armeray de Villeneuve, meiner Süßen, meiner Sirene. Magenschmerzen. Dürften psychosomatisch bedingt sein. Aziz hat Maulesel beschafft, mit deren Hilfe er den Aufstieg über die Südflanke versuchen will: Der Zugang, wie er behauptet, sich wieder zu erinnern, befinde sich dort oben. Ich lasse ihn gewähren. Mein Magen macht mir zu schaffen.

Valérie vertreibt sich die Zeit damit, Striche in die Karte einzuzeichnen und mit Zirkel und Kompaß herumzuhantieren, um sich so über das Nichtvorhandensein unserer grauen Menschen hinwegzutrösten. Meine kleinen Probleme scheinen sie nicht im mindesten zu beeindrucken. »Krank sein, das kenn ich«, hat sie abgewinkt. Und mich gleich gewarnt: Mitleid, Versprechungen, Zukunft, alles, worüber ich brennend gern mit ihr sprechen möchte, von so etwas wolle sie nichts hören. Zu einem weiteren Liebesakt meint sie, ich täte besser daran, die Medikamente einzunehmen, die sie mir aus ihrem Arzneiköfferchen zusammensucht. Ich bin ein wenig beunruhigt, als ich feststelle, daß die Verfallsdaten durch die Bank abgelaufen sind. Sie legt mir die Hand auf die Stirn, greift nach meinem Handgelenk, sagt dann, entweder die der Medikamente oder meins. Soll wohl ein Scherz sein.

Sie hat eine Amöbeninfektion diagnostiziert. Das Wasser, in dem wir uns geliebt haben? Nein, das, das ich tags zuvor getrunken habe.

Gott sei Dank.

Aziz kommt am frühen Abend auf seinem Maulesel zurück. Er erklärt, der Zugang müsse an der Nordseite liegen. Als er mich zähneklappernd in meinem Schlafsack liegen sieht, fragt er Valérie, was denn schon wieder mit mir los sei. Sie antwortet ihm auf arabisch. Seufzend wendet er sich ab. Man übersetzt mir nicht.

Montag

Wetter trübe, 39,4.

Habe es abgelehnt, wieder hinunter nach Tabant zu fahren, um einen Arzt aufzusuchen. Fieber hin oder her –

es wird schon zurückgehen, und dann werden wir den Gebirgssattel in Angriff nehmen. Ein Zurück gibt es für mich nicht mehr. Der Titel des Romans steht jetzt fest: *Das Findelkind.*

Ständig Magenkrämpfe und Schwindelanfälle, nicht unangenehm. Sie lenken mich ab. Mein Verstand sagt mir, daß mir *irgend etwas bevorsteht.* Etwas Entscheidendes, das durch die benebelnde Wirkung des Aspirins verschwommen bleibt, aber ich werde schon noch dahinterkommen.

Zu müde, meine Träume aufzuschreiben. Stichworte, die hoffentlich die Zusammenhänge wieder heraufbeschwören: Heinrich IV. – Libanon – Croissants – Seerosen – Kuchen.

Mein Fuß, dem der Stachelfisch zugesetzt hat, ist erneut angeschwollen. Aziz stützt mich, wenn wir ein neues Lager aufschlagen und ein Stück laufen müssen. Wir umrunden weiterhin die Bergkette, weil er den Einstieg nicht findet. Nicht tragisch. Im Gegenteil. Zeit.

Mit ihr auf die Nacht warten, im Schutze des Zeltes. Wieder in meinem Zimmer sein, Agnès, die Zeilen, die ich ihr aus meinem Heft vorlese. Agnès verheiratet, bekommt Kinder, meine Bitte, die Patenschaft zu übernehmen. Ihre Ablehnung – warum? Fühle mich elend. Diese vielen verlorenen, vergeudeten Jahre. Weshalb? Weil ich mich schämte. Schämte für das, was ich getan habe. Der Bahnsteig an der Gare de l'Est. Nein. Kein Wort davon. Noch nicht. Vergessen.

Mittwoch?
Wind, Sonne. Das Fieber. Das Fieber ist gefallen. Ich bleibe im Zelt, während sie einen Streifzug unternehmen.

Das Wochenende in Bruyères. Das kleine Haus mit den verblichenen Trompe-l'oeil, das Papa zusammen mit den Arbeitern aus der Eisenhütte in den Ferien wieder hergerichtet hat. Urlaub der Reihe nach, ein gemeinsames Ferienhäuschen, passend für alle Geschmäcker: das Haus, das von Hand zu Hand ging ... Der Sommer in den Vogesen. Das Wochenende mit Agnès, das erstemal, daß sie sich dazu hatte überreden lassen. Allein mit ihr. Und Papa. Du bist minderjährig, Jean-Pierre, ich komme mit. Er hatte im Simca geschlafen, unter unserem Fenster. Maman zuliebe. Sie hatte ihm den Posten des Anstandswauwaus übertragen, aber er ließ uns unsere Nacht. Unsere Nacht, in der überhaupt nichts passiert ist. Ich liebe dich, Papa. Das habe ich dir nie gesagt, ich habe es geschrieben, aber ich habe mich nicht getraut, dich das lesen zu lassen. Morgens um acht brachte er uns Croissants, mit einem Riesentrara, als Vorwarnung, um uns Zeit zu geben, die Regeln des Anstands zu wahren. Ich habe mich nicht deinetwegen geschämt, ehrlich nicht. In deiner blauen Arbeitsmontur, mit deiner karierten Mütze und deinem mit Gips bekleckerten breiten Gesicht zogst du bereits seit zwei Stunden eine Wand im Keller ein. »Na, wie geht's den Turteltäubchen? Ihr seid doch hoffentlich artig gewesen?« Heiterkeit. Nein, deinetwegen habe ich mich damals nicht geschämt – mir selbst habe ich

Vorwürfe gemacht. Und ich war wütend auf Agnès, die mir ihren Körper verweigert hatte und jetzt meinem Vater die kalte Schulter wies, das mürrische Gesicht der Wand zugekehrt, das Laken, das ihren keineswegs nackten Busen verdeckte, bis unter die Achseln hochgezogen. Mein einziges Wochenende mit einem Mädchen. Vor Clé. Niemals wieder habe ich morgens Croissants mit Gipsbröckchen bekommen. Ich war sauer auf dich, Papa, wahnsinnig sauer. Es war ja so einfach, dir die Schuld in die Schuhe zu schieben. Du wußtest doch gar nicht, daß du in meinem Buch vorkamst. Daß das dein Leben war. Du solltest für mich nur noch auf dem Papier existieren. Um zu verdrängen, daß du trinkst, daß du alt wirst, daß du herumtrompetest und bei Tisch schnarchst. Ein im Hochofen, deinem ein und alles, deinem ganzen Stolz, verheiztes Leben. Verzeih mir, Papa. Verzeih mir für das, was später war. Verzeih mir den Bahnhof. Ich fühle mich furchtbar.

Eines Abends

Wieder Fieber. Valérie pflegt mich. Ich lese nicht noch einmal, was ich geschrieben habe. Ich habe es eilig, alles aufzuschreiben. Der Tag der Beschämung. Der zweifachen Beschämung.

Ich hatte kurz zuvor im Außenministerium angefangen. Im Telex-Raum. Beamter. Diplomat. Ich konnte ihnen etwas vorweisen, ENDLICH, ich war jemand, ich war nicht umsonst fortgegangen. Ich habe ihnen Bahnfahrkarten geschickt. Wir wollten feiern. Im *Clairon du chasseur*, Papas Restaurant, seine einzige Erinnerung an Paris, an *seine* Nacht in der Weltstadt, 1939, ehe er an die Front geschickt wurde. Er war mit dem Zug angekommen und mit ihm weitergefahren, vier Jahre Gefangenschaft, dann zurück im Zug Richtung Heimat, sechsunddreißig Kilo. Und ich erwartete sie am Bahnhof. Um mich mit ihnen auszusöhnen. Diesmal war es der Zug ins Glück. Mein Sohn hat es geschafft.

Verkehrsstaus, Auffahrunfall, Feststellung des Schadens – ich habe mich verspätet, um eine halbe Stunde. Als ich die beiden gesehen habe, mit hochroten Gesichtern, beleibt, im Sonntagsstaat – karierte Jacke, Pelzmantel der Nachbarin, der bereits bei der Hochzeit meines Bruders hatte herhalten müssen –, hat es bei mir ausgesetzt. Der gelbe Skai-Koffer, die Plastiktüte mit dem Kuchen. *Seinem* Kuchen. Ich war unfähig, mich zu rühren, auf sie zuzugehen, mich dazu zu zwingen; Angst vor Vorwürfen, Angst davor, mich bei ihnen zu entschuldigen. Verzeiht mir, daß ich mich verspätet habe, verzeiht mir, daß es mich gibt, daß mir etwas anderes vorschwebt, daß ich nichts von mir hören lasse, daß ich ein Mädchen aus Paris liebe. Sie schrien herum, zankten sich, wandten sich an den Bahnbeamten, der die Schultern zuckte. Ich rührte mich nicht. Ich atmete nicht mehr. Ich sah mein Spiegelbild in der Auslage des Zigarettenladens. Anzug mit Weste, runde Brille. War ich das? Dieser Bürohengst, diese Uniform, dieser leere Traum, diese Magritte-Figur? Ich, der Schriftsteller, ein Schwärmer wie Gerard de Nerval, der Verherrlicher Lothringens, der sein Manuskript Bernard Lavilliers gewidmet hatte, weil auch er den Schmelzöfen entstammte, unser Held, unser Rebell, der mit seiner Vergangenheit auf Kriegsfuß stand und seinem Unmut durch einen Ohrring Ausdruck verlieh? War ich das geworden? Ein Kleiderbügel, auf dem ein Anzug hing?

Ich habe mich nicht vom Fleck gerührt, ich habe nicht gerufen, ich bin stehengeblieben, während sie, den Koffer hinter sich herziehend, zu einem anderen Bahnsteig gingen, zu einem anderen Zug, Papa lauthals schimpfend, Mama in Tränen aufgelöst. Der Kuchen aus der Tragetüte lag auf dem Boden. Ich habe mich nicht gerührt. Zweifache Beschämung. Beschämung darüber, was aus ihnen geworden war, Beschämung darüber, was aus mir geworden war, um nicht wie sie zu sein.

Als der Zug nach Metz mit seinen roten Schlußlichtern verschwunden war, habe ich den Kuchen aufgehoben. Ich habe ihn aufbewahrt, mich aber nicht getraut, ihn zu essen. Er ist noch immer in meinem Schrank am Boulevard Malesherbes. Wenn Clé ihn nicht inzwischen weggeworfen hat.

Meine Hand zittert zu stark. Ich habe alles gesagt. Ich werde sie erst lieben können, wenn sie tot sind. Und wenn ich vor ihnen sterbe? Ich hatte abends in Uckange angerufen. Tut mir entsetzlich leid, ich bin im Libanon, dringende Angelegenheit, keine Möglichkeit, euch noch rechtzeitig Bescheid zu geben, habe euch meinen Sekretär geschickt, er hat euch verpaßt, tut mir wirklich leid, zu Weihnachten komme ich ganz bestimmt. Jean-Pierre, hör auf. Dein Vater weiß genau, daß du dich für uns schämst. Das hättest du ihm nicht antun sollen. Laß uns in Ruhe, hörst du, es ist besser so, lebe dein Leben. Mein Leben.

Sorgt dafür, daß sie dies lesen.

Seit drei Tagen schreibt er nichts mehr in sein Reisetagebuch. Sein rechter Fuß ist wieder angeschwollen, dort, wo der Stachelfisch ihn erwischt hat, er kann sich den Schuh nicht mehr zubinden. Immer wieder wird ihm schlecht, wegen der Allergie und der Gewürze, von denen er nicht lassen will, die gehörten nun mal hier ins Essen. Sein Gesicht ist ein einziger Sonnenbrand und dabei erstaunlich bleich. An die fünf Kilo dürfte er verloren haben. Ob das von der Liebe kommt?

Ich habe mir angewöhnt, im Landrover zu übernachten, damit sie das Zelt für sich haben. Valérie erzählt mir nichts von dem, was sich zwischen ihnen abspielt, und ich schaue weg, wenn die Sturmlampe ihre Schatten auf die Leinwand zeichnet. Übrigens sprechen wir kaum noch miteinander. Wir schauen, fahren, kampieren. Und ich bin allein, wenn die Sonne leuchtend rot über den Geröllwüsten auf- und orange über den verschneiten Gipfeln untergeht. Die Füße auf dem Armaturenbrett, um mich herum eine Stille, eine nie gekannte Leere, die nur zweimal am Tag vom Geräusch eines Turbos durchbrochen wird: dem des Desert-Liner, der unter uns seine Ladung Luxus-Forschungsreisende mit Hundertstundenkilometern über die Pisten karrt.

Eines Morgens beobachtete ich wie üblich den Sonnenaufgang und verglich ihn mit dem vom Tag zuvor. Der Landrover stand am Rand eines über schwarze Felsen hinabstürzenden Wasserfalls. Im Rückspiegel habe ich Valérie aus dem Zelt kommen sehen. Sie war in ein Fransentuch gewickelt und ging ungeachtet der Minusgrade barfuß auf den Wasserfall zu. Eine Mutprobe? Nein, eher Gleichgültigkeit. Die eiskalten Steine ließen sie ebenso kalt wie der Körper eines Mannes. Sie hat Wasser getrunken, hat sich geräkelt und die Berge betrachtet, dann hat sie die Schultern gezuckt und ist zurückgekommen. Als sie sah, daß ich nicht schlief, ist sie zu mir abgebogen. Sie hat die knarzende Wagentür geöffnet, den Finger auf den Mund gelegt, wie um das Knarzen zu unterbinden. Ich hatte Lust, mit ihr zu reden, ihr meinetwegen auch nur guten Tag zu sagen. Aber sie seufzte auf, legte den Kopf zur Seite und sah mich an, als wollte sie fragen, was ich hier verloren und wieso sie sich bereit erklärt hätte, mit uns mitzukommen, und ob unsere Anwesenheit bei diesem Sonnenaufgang unbedingt erforderlich wäre.

»Schönes Farbenspiel«, habe ich gesagt, weil mir ihr Blick derart unerträglich war.

Sie hat meine Hose, deren oberste Knöpfe ich über

Nacht geöffnet hatte, vollends aufgeknöpft und ihre Wange an meinem Glied gerieben, mit einer Zärtlichkeit, die ich an ihr überhaupt nicht kannte. Als ob sie etwas Weiches brauchte, um wieder einzuschlafen. Und dann hat sie mich mit dem Mund liebkost, lange, und inzwischen kam die Sonne vollständig hinter dem Berg hervor und malte helle Kringel auf die Windschutzscheibe. Das war wie eine Hoffnung vor dem Weltuntergang, der Beginn von etwas, das zu nichts führte, das Aufflackern eines Glücksgefühls, das sich sofort wieder verflüchtigte. Ohne mich anzusehen, hat sie mir einen runtergeholt, sie hat die Wagentür wieder zugeschlagen und ist zum Zelt zurück; vielleicht hat sie neue Kräfte gesammelt, um Jean-Pierre weiterhin die Liebeskomödie vorzuspielen. Ich war mir nicht mehr sicher, ob ich das, was ich auf mich genommen hatte, noch wollte, aber für einen Rückzug war es zu spät.

Valérie stellte jeden Morgen einen Marschplan auf, der uns weiter von der Zivilisation wegführte – das einzige Mittel, uns Irghiz zu nähern. Je häufiger wir im Gebirge herumgeisterten, in der Absicht, einen bestimmten Gebirgssattel zu überwinden, und dann doch wieder umkehren mußten, ungefähr zehnmal am Tag, desto beengter wurde es für uns im Auto. Wir quetschten uns zu dritt in Decken vermummt auf die Vordersitze, weil die Heizung nicht mehr funktionierte, seit Jean-Pierre sie hatte neu einstellen wollen. Kühlerhaube hochgeklappt, Engländer in der Hand, Schraubenzieher zwischen den Zähnen, hatte er uns weisgemacht, daß er sich schon als Zwölfjähriger, in Lothringen, auf das Auseinandernehmen von Vergasern verstand. Dann hatte er einen Hustenanfall bekommen, und während er sich die Seele aus dem Leib kotzte, mußten wir den Schraubenzieher suchen, der irgendwo in den Motor gefallen war.

Von Lothringen redete er immer häufiger, so als hätte ihn die Tatsache, die Brücken zu seinem Leben in Paris und zu seiner Frau abgebrochen zu haben, in seine Kindheit, zu seinem Ausgangspunkt zurückversetzt. In steilem Gelände, beim Durchqueren von Wadis, beim Rumpeln über Pisten auf der Suche nach nichts, immer hörten wir den Lärm der Hochöfen, wir vernahmen das Geräusch des Gebläses, die Sirenen, bekamen das Einströmen des flüssigen Gußeisens in die Schmelztiegel vor Augen gehalten und erfuhren von der Freundschaft unter den Männern bei fünfzehnhundert Grad. All das uns so Fremde, das hinter seinem Gartenzaun begann. Das kleine Reihenhaus inmitten anderer, die genauso aussahen und in denen man ohne Ausnahme zur selben Zeit aus den Federn mußte, die gleiche Zukunft, dieselbe Schule, die Arbeitslosigkeit, die alle betraf. Und die Aasgeier, die gelassen den Tag erwarteten, da die Fabrik dichtmachte und die Leute wegzogen, damit sie sich die Grundstücke unter den Nagel reißen konnten. Jean-Pierre behauptete, die französische Regierung hätte Lothringen an Deutschland verschachert, zur Rettung des Ruhrgebiets.

Ich wußte so langsam nicht mehr, in welchem Traum wir uns befanden, ob unser Ziel ein Phantasietal war oder eine stillgelegte Eisenhütte. Valérie kurbelte am Steuer stur ihre Strecke herunter, war tagsüber Chauffeur, nachts Geliebte, ihres Weges gewiß, der nirgendwo hinführte.

Und dann hatten wir eine Panne. In zweitausend Meter Höhe, bei einem Sturm, der halb aus Sand und halb aus Schnee bestand, haben wir uns drei Stunden lang mit der Reparatur abgemüht, nur daß alle abmontierten Teile sofort sandverklebt waren und wir sowieso keine Ahnung von der Technik hatten: Jean-Pierre hatte alles vergessen, ich verstand mich lediglich auf den Diebstahl von Autoradios, und Valéries CB-Rufe verhallten ungehört. Als wir versuchten, das Zelt aufzustellen, ist es davongeflogen. Wir hatten zwar noch Konserven, aber der Büchsenöffner war verschwunden. Das Schicksal hatte sich gegen uns verschworen, das Jean-Pierre mit seiner Bronchitis und seinem Fieber und seinem entzündeten Fuß als glückliches Omen ansah: Wir näherten uns Irghiz, er höre das Hämmern aus der Schmiede, die grauen Menschen entfesselten die Elemente, um uns ein Zeichen zu geben. Jetzt ist er übergeschnappt, habe ich gedacht, aber es war schlimmer: Er wurde wieder zum Kind. Er nannte Valérie »Agnès«, und sie schien zu wissen, warum, ließ es geschehen. Wir haben ihn auf den Rücksitz gelegt, ihn in alle verfügbaren Decken eingepackt. Als er schlafend weiterphantasierte, hat sie zu mir gesagt, Schluß damit, das Spiel ist aus. Sobald der Sturm nachläßt, fahren wir hinunter nach Bou-Guemes, dort kommt zweimal am Tag der Desert-Liner durch. Nein, habe ich gesagt, wir können unmöglich umkehren, ohne Irghiz gefunden zu haben. Sie hat gebrüllt, ich sei wohl von allen guten Geistern verlassen und daß Jean-Pierre krank sei und nach Frankreich zurückgebracht werden müsse. Darauf ich: Aber zu Hause wartet niemand auf ihn, sein Leben findet hier statt, wir sollten es ihm bis zum Schluß vorspielen und ihm Irghiz zeigen, damit er sein Buch fertigschreiben kann. Darauf hat sie nichts mehr gesagt. Ich habe mich in meine Jacke gewickelt und an die Tür gelehnt und gewartet, daß der Schneesturm von der Nacht verschlungen wird.

Am Morgen war das Wetter schön und Valérie verschwunden. Ich bin bis zum Rand der Klippe gegangen. Die Eisbrocken, die ich losgetreten habe, sind ins unter mir liegende Tal gekullert, aus dem kurz der schrille Hupton des Desert-Liners zu hören war, der anhielt und wieder abfuhr, wie anzunehmen mit unserer Reiseleiterin. Sie hatte getan, was wir von ihr verlangt hatten; mehr war nicht drin. War wohl auch besser so.

Als ich mich umgedreht habe, stapfte Jean-Pierre gerade zielbewußt durch den tiefen Schnee; sein entzündeter Fuß schien ihn nicht länger zu behindern. Ich bin ihm hinterhergegangen. Seine fieberglänzenden Augen haben mich nicht erkannt.

»Dort ist es.« Er deutete mit dem Finger irgendwohin.

Ich habe ja gesagt.

Lächelnd hat er sich einer Felsspalte genähert. Ein paar Meter davor ist er gestrauchelt und nicht wieder allein auf die Beine gekommen. Ich habe ihm geholfen. Er zitterte am ganzen Körper, vor Glück, wie es den Anschein hatte.

»Dabei ist Sonntag.«

»Ja.«

»Sieben Tage in der Woche, Aziz. Acht Beschickungen pro Tag: das makelloseste Gußeisen der Welt. So rein, daß man es auf zigfache Weise weiterverarbeiten kann. Drahtzieheisen aus dem Elektroofen, daß ich nicht lache! Alteisen, das in elektrischen Öfen erhitzt wird, kann es niemals mit dem aus unserer Eisenhütte aufnehmen. Komm mit.«

Ich habe mir seinen Arm um die Schultern gelegt und ihn bis zum Eingang seiner Eisenhütte gestützt, wo ich ganz hinten, von einem Lichtstrahl erhellt, die unterirdischen Platanen und Kiefern von Irghiz entdeckt habe, und da grasten auch die Pferde aus vorgeschichtlicher Zeit an der Quelle, wo eine Frau sang.

»Hörst du sie, Jean-Pierre?«

»Ja.«

Wir dachten nicht an dieselbe Frau, aber es war das gleiche Lied. Der kalte Schnee und die blendende Sonne vereinte uns am Rande der Felsspalte.

»Wie schön«, habe ich gesagt.

»Ja. Ich hätte niemals fortgehen sollen.«

»Doch. Nur so konntest du zurückkommen.«

Er hat danke gesagt und ist langsam in den Schnee gesunken, mit einem Lächeln, das stehengeblieben ist.

Ich habe ihn zum Auto getragen. Ich habe das schwarze Reisetagebuch aus seiner Jackentasche geholt und, weil es feucht war, erst einmal zum Trocknen auf die Kühlerhaube gelegt. Aus seinem Diplomatenkoffer habe ich seine Papiere herausgekramt, den Anfang des Romans, den er in meine Akte geschrieben hatte, sowie ein großformatiges Skizzenheft mit der Aufschrift *Lothringen.* Hundert Seiten in seiner Kinderschrift. Ich habe alles an mich genommen und zwischen T-Shirt und Hemd verstaut. Dann bin ich mit einem Stein einer Dose Thunfisch zu Leibe gegangen, habe den Thunfisch gegessen und das Öl getrunken, um Kraftreserven zu speichern, habe mir den kleinen Leichnam, der nur auf meinem Herzen lastete, auf die Schultern geladen und mich auf den Weg hinunter gemacht.

Alle zehn Minuten bin ich stehengeblieben, um mit ihm zu sprechen, weil ich ahnte, daß er sehr wohl bei mir war, seine Seele oder die Erinnerung an ihn, schwer zu sagen, jedenfalls spürte ich seine Gegenwart, eine freundschaftliche Wärme, die mir sagte, na los doch, du hast ja recht, gut gemacht, nur weiter so. Es ist die Allergie auf das Leben, die mich immer mehr von meinem Körper losgelöst hat, um mir meine Träume wiederzuschenken.

Geh weiter, Aziz, bis zum Ende, zieh meine Geschichte durch, ich bin bei dir. Du hattest recht: Ich war eine Zufallsbekanntschaft.

Zwei Stunden später kam mir ein großer alter amerikanischer Kombi entgegen, aus dem Valérie sprang.

»Da hast du's!« kreischte sie.

Ich habe nicht widersprochen. Ihr Vater hat geblinzelt und ist ausgestiegen, um uns zu helfen. In seinem hellblauen, bis oben geschlossenen Trainingsanzug wirkte er wie ein unförmiger Koloß. Sein Gesicht mit den vielen Runzeln und Furchen und den schneeweißen Augenbrauen erinnerte mich an den Atlas. Die Hände waren vom Alkohol zittrig geworden, der nach vorn wippende Kopf schien die Beine hinter sich her zu ziehen. Die Stimme war tief, bedächtig, traurig.

»Paßt bitte auf die Dahlien auf.«

Wir haben die Blumenkübel in dem ehemaligen, inzwischen zum Gewächshaus umfunktionierten Krankenwagen so verrückt, daß der steife Körper meines Attachés unter den Blättern einer efeuartigen Pflanze verschwand. Beim Schließen der Heckklappe hat sich der Vater auf mich gestützt und beiläufig erwähnt:

»Ich kümmre mich um ihn. Ich laß dich in Tabant raus. Der Bus nach Ouarzazate kommt zwischen zwei und vier durch. Niemand hat dich gesehen, die Leiche bleibt unauffindbar, bis es zu Ermittlungen kommt, vergehen Wochen. Hast du Geld?«

Ich habe geantwortet, daß von unseren Spesen noch fünfzehntausend Francs übrig wären und daß ich meinen Attaché nicht im Stich lassen würde.

»Hör zu, Freundchen, verdrück dich in die Landschaft und fall nicht auf, kapiert?«

»Tu, was Papa sagt«, hat Valérie mir zugeraunt.

Durch die hintere Scheibe habe ich die efeuumrankten Füße meines Freundes betrachtet. Das Leben mußte weitergehen.

»Ich möchte ihn nach Hause bringen«, habe ich gesagt.

Sie haben sich angeschaut, Valérie erbost, aber nicht überrascht, während die Faust des Vaters mit blechernem Geräusch auf der Kühlerhaube landete.

»Hau schon ab!«

Sein zorniger Aufschrei hat ihn aus dem Gleichgewicht gebracht, er hat sich an die Antenne des Autos geklammert, die sich immer mehr durchbog. Ein Speichelfaden rann ihm von den Lippen. Als wäre er eine kostbare Antiquität, hat Valérie ihn auf den Sitz verfrachtet, indem sie ihn, eine Hand schützend zwischen seinen Schädel und das Dach des Ami-Schlittens geschoben, dazu gebracht hatte, die Beine einzuknicken. Er hat es, schon wieder besänftigt, mit sich geschehen lassen, mit einem Lächeln, das seine Augen verschwinden ließ. Valérie hat die Wagentür zugeschlagen und mir, noch ehe ich etwas sagen konnte, mit Nachdruck erklärt:

»Ein großartiger Mann. Hat in diesem Land Geniales vollbracht. Ich verbiete dir jegliches Urteil über ihn. Man weiß nie, was aus einem wird. Er jedenfalls trägt keine Schuld daran.«

Das weiß ich doch, habe ich geantwortet. Sie hat sich an mich geschmiegt und mich mit sich gezogen. Sie weinte. Ich hätte gern noch mehr gesagt, ihr zugehört, sie nach Frankreich mitgenommen, aber ich spürte, daß das unmöglich war.

»Was haben wir da angerichtet, Aziz ... was haben wir da bloß angerichtet ...«

Gar nichts hätte sie angerichtet, habe ich leise gesagt, und sie sei keineswegs verpflichtet, mir zu helfen.

»Und wie willst du es ganz allein mitten aus dem Atlas heraus schaffen?«

Meine Antwort war Schweigen.

»Du willst nach Marseille zurück?«

»Nein. Ich möchte ihn nach Paris bringen.«

Na dann, hat sie gemeint. Der Wind spielte mit ihren verklebten Strähnen, ihre sandverkrustete Sonnenbrille rutschte hinunter auf die Nase. Es hätte mich gefreut, wenn sie gezeigt hätte, daß sie um Jean-Pierre trauerte oder verliebt in mich war – was auf das gleiche herauskam.

»Er hat dich geliebt«, habe ich gesagt.

»Ich weiß. Unter einem anderen Namen, aber immerhin.«

»Agnès?«

»Agnès.«

»Hat er dir von Clémentine erzählt?«

»Anfangs ja. Ein bißchen was. Und dann nie wieder.«

»Hat es dir Spaß mit ihm gemacht?«

»Das geht dich nichts an.«

Hörte sich gut an. Klang wie ein Ja. Sie hat gefragt:

»Wer ist diese Agnès?«

Das gehe sie nichts an, habe ich erwidert, um nicht zugeben zu müssen, daß ich keine Ahnung hatte. Wir betrachteten uns beide als das Gedankengut von Jean-Pierre, und alles, was wir einander verschwiegen, diente dazu, ihn weiterleben zu lassen, zu verklären. Sie hat gefragt, ob er katholisch oder sonstwas sei, damit sie für ihn beten könne. Sie und ich würden eines Tages wieder zusammensein und miteinander schlafen, habe ich laut gedacht, und das wäre dann unser Gebet. Sie hat nichts darauf erwidert. Wir haben uns an den Händen gehalten und bis zum Auto nicht mehr losgelassen.

»Soll ich Europ Assistance einschalten?« hat der Vater durch das heruntergekurbelte Seitenfenster gefragt.

Er hatte sich aus der Thermosflasche, die er noch in der Hand hielt, gestärkt und atmete freier. Auf gut Glück habe ich verlauten lassen, daß ich einen Passierschein des Königs besitze.

»Her damit.«

Ich habe ihm die Unterlagen für meine Ausweisung aus humanitären Gründen übergeben. Er hat sein Fenster wieder hochgekurbelt und sich in die Akte vertieft. Valérie hat sich bei mir bedankt. Es sei wichtig für ihn, ihm das Gefühl zu geben, noch zu etwas nützlich zu sein, immer mal wieder in seine frühere Welt zurückzukehren. Ich habe keine Fragen gestellt. Woher die Menschen kommen und was sie sind, interessiert mich nicht, außer sie möchten darüber sprechen. Bei Valérie und ihrem Vater war es anders, das war eine Geschichte, in der ich nichts zu suchen hatte. Ich war überflüssig.

Als er die Wagentür wieder öffnete, habe ich ihm gesagt, daß ich seine Hilfe zu schätzen weiß. Ich solle einsteigen und den Mund halten, hat er mich angeraunzt und rundheraus erklärt, niemand würde ihm jemals seine Tochter wegnehmen. In gewisser Weise stimmte das, und deshalb habe ich den traurigen Blick, den mir Valérie zuwarf, um zu sehen, ob ich den tieferen Sinn seiner Worte verstanden hätte, nicht erwidert. Sie saß am Steuer, ihr Vater daneben, ein weicher Fleischberg, der auf der holprigen Piste durchgeschüttelt wurde, und ich hinten, ein Fahrgast inmitten von Blumen, der bei jeder Erschütterung die Beine seines Freundes festhielt, ein wirklich komischer Anblick. Die Hand um die eiskalte Socke gekrallt, keimte eine wahnwitzige Hoffnung in mir auf, die Hoffnung, daß Valérie von Jean-Pierre schwanger sein könnte und daß die beiden da vorn gemeinsam die Halbwaise nach der Vorstellung dieses großartigen Vaters, der das Tal der grauen Menschen entdeckt hatte, aufziehen würden. Valérie hat mir durch den Rückspiegel einen Blick zugeworfen und mir ahnungslos zugelächelt, trotzdem baute ich auf sie.

In Marrakesch haben wir ein Verwaltungsgebäude aufgesucht, wo Dr. d'Armeray den Totenschein und haufenweise Formulare auf arabisch ausgefüllt hat. Valérie hat ihm voller Stolz dabei zugesehen, und auch ich war stolz. Mit festem Schritt und vorgeschobenem Kinn ist er auf mich zugekommen, hat mir die Papiere ausgehändigt und erklärt:

»Herzversagen.«

Mein »Danke« hat er großspurig abgewimmelt und mir den Umschlag mit dem Absender »Republik Frankreich« abgenommen, der die Reisekasse enthielt.

»Diplomatengepäck?« hat er gefragt.

Ich wußte nicht, was er damit meinte, aber Valérie hat an meiner Stelle geantwortet, das sei nicht sinnvoll. Mit einem enttäuschten Schulterzucken ist er wieder darangegangen, die Beamten herumzuscheuchen, die ihn ganz offensichtlich mit größter Zuvorkommenheit behandelten. Er mußte früher einmal eine hochgestellte Persönlichkeit gewesen sein oder sehr reich. Ein Teil der Spesen ist für einen plombierten Sarg und die erforderlichen Stempel draufgegangen. Wir haben das Gebäude ohne Jean-Pierre wieder verlassen. Der sollte von der zuständigen Stelle und gemäß dem mit einer Briefmarke versehenen Papier, das man mir ausgestellt hatte und in dem ich als Aziz Kamal, Sonderbegleiter des französischen Konsulats, aufgeführt war, als Regierungsgepäck zum Flughafen gebracht werden. Dadurch erübrigten sich umständliche Zollformalitäten, hatte mir der Arzt erklärt. Zwar war mein Name nicht ganz richtig buchstabiert, aber wer würde sich schon daran stören.

Auf dem Parkplatz hat sich Dr. d'Armeray, dem die umfangreichen Schreibarbeiten ungeheuren Auftrieb gegeben hatten, zu etwas höchst Absonderlichen hinreißen lassen: Er hat die Hecktür des Wagens aufgerissen und sämtliche Blumentöpfe in den Hof geschleudert, wo sie zerscheppert sind. Ein Brei aus schlaffen Blättern.

»Zehn Jahre jünger«, hat er gemeint und die Heckklappe wieder zugeschlagen.

Und er hat seine Tochter, die mir dankbar zuzwinkerte, ganz fest an sich gedrückt.

Vor der Paßkontrolle haben wir uns verabschiedet. Ihr Vater ist im Auto geblieben. Wir taten uns schwer, die passenden Worte zu finden, standen inmitten der drängelnden Passagiere einfach nur da und starrten uns an, hielten uns an den Händen, um den Augenblick hinauszuschieben oder Versäumtes nachzuholen. Alles Unausgesprochene stand in unseren Augen, alle Mißverständnisse, Schmerz, Freude, Wesentliches und Nebensächliches. Und dann, als es für mich bereits höchste Zeit wurde, hat sie lediglich gefragt:

»Ist es schön, Irghiz?«

»Sehr«, habe ich geflüstert.

Und unsere Wege haben sich getrennt, ohne irgendein Versprechen, gewiß, dafür aber in dem guten Gefühl, den Abschied nicht vermasselt zu haben. Wir wußten, wir würden füreinander die bleiben, die wir waren, ohne Abstriche, dank dieses letzten Augenblicks des Einanderverstehens, und das war schön.

Ich bin an Bord gegangen. Die Tränen verschleierten mir den Blick.

Auf dem Flughafen von Orly-Süd hat mich der für die Rückführung zuständige Beamte gefragt, welche Dienststelle er im Quai d'Orsay anrufen soll. Der Betreffende sei informiert, habe ich geantwortet, er würde uns abholen. In Ordnung, hat der Beamte gemeint und mich auf den für solche Fälle vorgesehenen Parkplatz verwiesen. Ich habe mich verabschiedet und bin erst einmal zur Toilette gegangen. Als ich wiederkam, war er nicht mehr da. Ich habe die Auskunft angerufen und von dort die Nummer von Hallo Kleintransporte erhalten. Eine Stunde später ist ein Lieferwagen eingetroffen, und die Leute von der Spedition haben ihre Kaugummis ausgespuckt und den Sarg aufgeladen.

»117 Boulevard Malesherbes«, habe ich gesagt.

Ich bin vorn zu ihnen eingestiegen, und abgesehen von den Beileidsbekundungen und meinem Dank verlief die Fahrt schweigend. Paris war häßlich und deprimierend: Es regnete, der Verkehr war stockend, und daß ich in Gedanken noch immer im Atlas war, machte mich in meinem Urteil zusätzlich befangen. Und dann ging ich daran, auf den Knien seitenweise Erklärungen zu schreiben, die ich aber eine nach der anderen wieder zerriß. Ich mußte daran denken, wie Jean-Pierre im Flugzeug den Text seines Briefs durchgestrichen hatte. Clémentine gehörte offenbar nicht zu den Frauen, an die man flüssig drauflosschrieb. Weil mir nichts einfiel, was ich für sie hätte zu Papier bringen können, habe ich beschlossen, mit ihr zu reden.

Das Haus war alt, mit einem viel zu kleinen Aufzug, in den Jean-Pierre nicht hineinpaßte. Die Spediteure sind mit ihm die Treppe hoch, derweil ich als Vorhut in den vierten Stock links fuhr. Ich habe geklingelt. Zartes Glokkenspiel, zweiflügelige Tür, dicker Teppich, Leuchter an der Wand. Die Visitenkarte im Rahmen aus Golddoublé besagte »Clémentine Maurais-Schnei«. Man hätte nur die Karte ein wenig nach rechts zu schieben brauchen, und der Name von Jean-Pierre wäre vollständig verschwunden.

Nach einer Weile hat jemand geöffnet. Ein Mann. Im Bademantel, mit verstörtem Gesichtsausdruck. Damit hatte ich nicht gerechnet. Ich bin ein Freund von Monsieur Schneider, habe ich gestammelt. Er hat mich begutachtet wie einen Kratzer auf seinem Auto, dann hat er sich umgedreht und »Titine!« gerufen. Madame Schneider ist erschienen, in einem Morgenrock aus beiger Seide, dunkle Ränder um die Augen, um Haltung bemüht. Ein kurzer Haarschnitt, kantige Kinnlade, die Hände in die Hüften gestemmt. Sein tragbares

Sony-Laser-Autoradio stand unten am Kleiderständer, an dem sein Trench hing.

»Was ist denn?« hat sie gefragt.

Ich habe mir dieses Paar angesehen und innerhalb von drei Sekunden meine Entscheidung getroffen. Ich habe zu Clémentine gesagt, es handle sich um eine Verwechslung, und mich zur Treppe gewandt. Im dritten Stock habe ich die Spediteure gebeten, kehrtzumachen, und wir haben Jean-Pierre wieder nach unten geschafft.

Nachdem sich die Türen des Lieferwagens wieder geschlossen hatten, habe ich die Männer um eine Frankreichkarte gebeten. Zum Glück gab es Uckange wirklich, ich habe es auch sofort gefunden, ein in winzigen Buchstaben ausgewiesener Ort im Osten, unweit von Thionville, das fett gedruckt war. Noch immer außer Atem und alles andere als begeistert, haben die Männer aufbegehrt und gesagt, ihr Einsatzgebiet ende in den Pariser Vororten. Also habe ich meinen republikanischen Umschlag hervorgeholt, habe sie entlohnt und mich in der Bineau-Garage absetzen lassen, wo dem Inserat zufolge, das mir in der zusammengefalteten Zeitung auf dem Armaturenbrett ins Auge gestochen war, ein Kleinlaster der Marke Citroën C35, Baujahr 1980, dem verbliebenen Rest meiner Spesen entsprach.

VOM FENSTER AUS FÄLLT DER BLICK auf einen Apfelbaum, der im Wind seine letzten Rußspuren verliert. Alles im Zimmer ist »unverändert« geblieben. Die mit Tinte bekleckerte Tagesdecke auf dem Bett, die aufgereihten Miniaturautos, die unbenutzten Skizzenhefte im Bücherregal und auf dem Schulpult aus lackierter Kiefer das gerahmte Foto von Agnès, des brünetten jungen Mädchens mit dem geheimnisvollen Lächeln, inzwischen erblondet und unglücklich, wie es mir vorkam, als ich sie neulich morgens mit ihren drei Kindern und ihrem Mann erlebte, der wie alle Männer hier arbeitslos ist, seit die Eisenhütte dichtgemacht hat.

Die Eltern haben sich mir gegenüber zunächst ziemlich reserviert verhalten, aber das hat sich gegeben, als ich mit meiner Geschichte herausgerückt bin.

Meinen Citroën hatte ich auf dem Parkplatz von Conforama abgestellt, um taktvollerweise erst einmal mit leeren Händen vorstellig zu werden. Als ich an der Hinterseite des quadratischen kleinen Einfamilienhäuschens mit dem schmutzigroten Dach im Schatten der Kamine des stillgelegten Hochofens an die Küchentür geklopft habe, war die Mutter am Bügeln, der Vater saß vor der aufgeschlagenen Zeitung am Tisch und trank Kaffee, die Wange auf die Faust gestützt, den Blick auf die Wand gerichtet. Ich habe sie sofort erkannt. Ein wenig älter, ein wenig geröteter, ein wenig trauriger, aber dennoch unverändert seit damals auf der Gare de l'Est, seit der letzten Seite in Jean-Pierres Tagebuch.

Ich habe gesagt, ich komme im Auftrag ihres Sohnes. Die Mutter hat einen Mordsschreck bekommen: »Großer Gott, Gérard ist was passiert!« Gérard ist der Bruder, der, der hiergeblieben ist, das heißt, er ist dreißig Kilometer weiter weggezogen, zu einer anderen Eisenhütte, die wohl noch nicht unmittelbar vor der Schließung steht. Ich habe sie beruhigt, so gut ich konnte: Nein, nein, Gérard geht es gut, ich komme im Auftrag *des anderen*. Von Jean-Pierre. Eisiges Schweigen hat sich im Raum ausgebreitet. Die Mutter hat mit offenem Mund den Vater angestarrt, dann hat sie weitergebügelt. Der Vater hat die Seite in seiner Zeitung umgeblättert und zu lesen angefangen.

Da ich noch immer herumstand, hat er nach einer Weile stockend gesagt:

»Es gibt keinen Jean-Pierre mehr.«

Hier einzuhaken wäre ein leichtes gewesen. Ich habe es nicht über mich gebracht. Ich sah meinen Citroën auf dem Parkplatz von Conforama vor mir, in dem mein Freund wartete. Worauf wartete er? Auf ein Wiedersehen? Auf ein Loch in der Erde. Mit einemmal kam mir der Zweck meiner Reise erbärmlich vor, idiotisch, kleinkariert. Ihnen einen Toten anzuschleppen anstelle eines Lebenden, den sie aus ihrem Gedächtnis verbannt hatten. Nein, das war nicht die Heimkehr des verlorenen Sohns. Ich hatte die falsche Geschichte erwischt.

Also habe ich den Schneiders erklärt, Jean-Pierre werde von marokkanischen Rebellen gefangen gehalten, in Irghiz, wohin er mich im Auftrag der französischen Regierung hatte zurückbringen sollen. Da ich als Geisel uninteressant gewesen wäre, hätte man mich nach dem Überfall laufen lassen, und meinem Attaché für Humanitäres sei es noch gelungen, mir seine Manuskripte zuzustecken sowie eine Nachricht für seine Eltern anzuvertrauen, die folgendermaßen laute: »Verzeiht mir das mit dem Bahnhof und alles, ich liebe euch.«

Ein Erdbeben hat die Küche erschüttert. Sie sind zum Fenster gestürzt, ans Telefon, sie haben die Nachbarn zusammengetrommelt, die Familie, die Kumpel aus der Eisenhütte, sie haben das Rathaus informiert, den Abgeordneten, die Lokalzeitung. Nicht zu glauben, was ich da ausgelöst hatte. Die Gefangennahme ihres Sohnes hatte sie innerhalb von zehn Sekunden mit neuem Leben erfüllt. Es wurde davon gesprochen, eine Petition zu unterzeichnen, Lösegeld zu sammeln, den Volksvertreter auf den Plan zu rufen, ein Komitee sollte beim Präfekten in Metz vorstellig werden.

Angesichts der Scharen von Nachbarn, die das Einfamilienhaus belagerten und nach Einzelheiten der Entführung gierten, habe ich mich verdrückt. Meine Geschichte sollte doch nur als Hilfsmittel dienen, lediglich zu dem Zweck, die Schneiders mit ihrem Jean-Pierre auszusöhnen, damit sie, wenn ich ihn anschließend als Helden sterben ließ, gebührend um ihn trauern konnten. In einer Viertelstunde, so mein Plan, würde ich zurückgehen und ihnen die offizielle Version präsentieren, samt meinen Entschuldigungen und dem Sarg aus dem Kleinlaster, und sobald sie sich von dem Schock erholt hätten, würden sie mein taktvolles Vorgehen zu schätzen wissen. Genau genommen änderte sich nur der Schluß. Jetzt, da die Leute mobilisiert waren, würde sich die Beisetzung unter Umständen zu einem regionalen Ereignis auswachsen.

Zwanzigmal bin ich den Parkplatz von Conforama in allen Richtungen abgelaufen. Mein Citroën C35 blieb unauffindbar. Nach vierzig Minuten habe ich an einen Wink des Schicksals geglaubt und nicht länger Passanten befragt, die nichts gesehen hatten, auch nicht mehr beim Abschleppdienst angerufen, wo nicht abgehoben wurde, sondern die Dinge ihren Lauf nehmen lassen. Und mir gesagt, daß meine Bestürzung nichts war im Vergleich zu der des Diebes, wenn er die Heckklappe öffnete, um sich seine Beute näher zu betrachten.

Eine Zeitlang habe ich jeden Morgen im *Républicain lorrain* die Spalte »Vermischtes« gelesen, ohne je auf eine Spur meines Kleinlasters oder seiner Ladung zu stoßen. Und eigenartigerweise quälten mich auch nicht einen Augenblick lang irgendwelche Schuldgefühle. Im Gegenteil – die Wirklichkeit hatte, wenn man so sagen kann, meiner Phantasie Rechnung getragen.

Ich bin wieder in die ausgestorbene kleine Stadt mit den zugesperrten Einfamilienhäusern gewandert, mit den vom Regen abgelösten Plakaten, die zum Arbeitskampf aufriefen, und den Gebäuden ohne Balkon, an denen Schilder wie »Zu verkaufen« und »Zu vermieten« im Wind klapperten. Meine Schritte hallten in den leeren Gassen wider. Ich war allein in einer Geisterstadt, die nur darauf wartete, aus ihrem Dornröschenschlaf zu erwachen, ich hatte halb Frankreich durchquert, getrieben von meiner traurigen Mission. Ich hatte kein Recht, mich jetzt einfach davonzustehlen – wohin denn auch? Ich mußte bis zum Ende meiner Geschichte durchhalten.

Da sich meine Barschaft nur noch auf fünf Francs belief, habe ich beim Amt für Auswärtige Angelegenheiten angerufen. Mit arabischem Akzent habe ich das Sekretariat von Loupiac verlangt und mich dort als Drahtzieher für die Entführung von Jean-Pierre Schneider im Rahmen der anonymen Bewegung gegen den Bau der CT1808 ausgegeben: Frankreich solle Marokko zwingen, die Straßenarbeiten, die Irghiz bedrohten, einzustellen, wenn nicht, würde die Geisel unverzüglich hingerichtet. Die erschrockene Sekretärin wollte mich mit einem Unterhändler verbinden, als das Gespräch unterbrochen wurde. Ich hatte keine Münzen mehr.

Als ich zu den Schneiders zurückkam, haben sie mich wie einen Star, einen Überlebenden empfangen. Derart groß war ihre Angst gewesen, ich könnte die Kurve gekratzt haben. »Da seht ihr's, er ist keine Erfindung von mir!« rief der Vater immer wieder und deutete für die Neuankommenden auf mich. Verlegen schaute ich zu Boden. Und dann haben sie davon gesprochen, die Gendarmen zu holen, damit sie meine Aussage zu Protokoll nehmen. Ich habe gesagt, ich hätte ihrem Sohn einen Gefallen erweisen wollen, sei aber illegal eingereist, weshalb ich mich nicht in der Öffentlichkeit zeigen dürfe. In ihren Gesichtern hat sich Betroffenheit gespiegelt, Enttäuschung, Feindseligkeit.

Zum Glück hat das Telefon geläutet. Es war der Unterhändler vom Quai d'Orsay, der zu wissen wünschte, ob die Eltern des Missionsbeauftragten Schneider in jüngster Zeit von ihrem Sohn gehört hätten oder ob eine Lösegeldforderung eingegangen sei. Er hat gesagt, die Glaubwürdigkeit der Forderung müsse noch überprüft werden, er sei dabei, sich bei den marokkanischen Behörden über diese Rebellenbewegung zu informieren; im Augenblick jedoch solle man das nicht so unbedingt ernst nehmen und sich beruhigen, es werde alles Nötige in die Wege geleitet.

Mit Tränen in den Augen hat der Vater aufgelegt. Die Mutter hat sich ihm in die Arme geworfen, er hat sie beschwichtigt und gesagt, daß man Jean-Pierre gut behandelt und er bald zurückkommt, und dann würden sie nach Paris fahren. Sie hat unter Tränen genickt. Groll hatte die beiden nach und nach verlöschen lassen; die Hoffnung erweckte sie zu neuem Leben.

Als die Gendarmen läuteten, hat mich die Mutter hastig am Arm gepackt und nach oben gebracht, ins Zimmer ihres Sohnes. Ich habe ihr das Schulheft gegeben, das Reisetagebuch. Da steht alles drin, habe ich gesagt, es muß nur noch in Form gebracht und einem Verlag übergeben werden. Das entspreche Jean-Pierres Wunsch. Jetzt, wo er eine Geisel sei und wenn *Match* ein Foto von ihm veröffentlichte, hätte er eine Chance, gelesen zu werden.

Mit offenem Mund starrte sie auf das Werk, das sie behutsam, so als wäre es ein zartes Baby, in den Armen hielt. Dann hat sie mit einer Stimme, die tiefe Beschämung verriet, etwas für mich Unerwartetes gesagt. Die Lippen in ihrem vollen roten Gesicht zitterten, die Wangen waren zu einem krampfhaften Lächeln gebläht, als sie flüsterte:

»Seine Schrift ist zu klein.«

Der Vater dürfe es nicht wissen, aber mit ihren schlechten Augen könne sie das nicht mehr entziffern. Ob ich ihr nicht vorlesen wolle? Sie hat noch hinzugefügt, daß Jean-Pierre vor mir niemals einen Freund gehabt habe: Wenn ich Zeit hätte, könne ich gern ein paar Tage bleiben. Es täte ihr so gut, im Zimmer des Kleinen Schritte zu hören.

Ich hatte Zeit.

Anfangs wollte ich lediglich Anmerkungen anfügen, als Fußnoten auf Jean-Pierres Seiten, um Erklärungen zu geben oder meine Sicht der Dinge kundzutun, wenn ich mit etwas nicht einverstanden war. Und dann, beim fünfzehnten Einspruch auf ein und derselben Seite, als meine Anmerkungen zu guter Letzt mehr Platz beanspruchten als sein Text, habe ich beschlossen, eine kleine Einführung zu schreiben, um mich meinerseits einzubringen, als Gegenpol. Es schien mir wichtig, Jean-Pierre aus meinem Blickwinkel zu schildern, unsere Begegnung mit meinen eigenen Worten zu beschreiben, zum besseren Verständnis des Lesers.

Und so sitze ich jetzt zehn Stunden täglich an seinem Kinderpult am Fenster und suche im Apfelbaum nach Worten. Meine Aufzeichnungen beginnen auf Seite 7; das soll mir ein Ansporn sein, so als hätte ich bereits sechs geschrieben. Die Handlung beginnt in Marseille-Nord. Die viel zu großen Füße in seinen Pantoffeln, die Finger um den von seinen Zähnen angeknabberten Füller verkrampft, erzähle ich mein Leben, als Vorwort für sein Buch.

Nachmittags bringt mir seine Mutter Tee und ein Stück Kuchen. Der Kleine, sagt sie, habe ihn sehr gern gegessen, nur sei er jetzt nicht mehr so lecker wie früher. Ich widerspreche mit vollem Mund. Und dann meint sie, sie wolle mich nicht stören und wieder gehen. Dabei spüre ich im Rücken ihren Blick, sie stellt sich ihn an meiner Stelle vor, mit gekrümmtem Rücken über dem abgegriffenen Skizzenheft (»Gußeisen, das Gold Lothringens«, wie auf dem gelben Einband steht). Ich gebe vor, zu schreiben wie er, seinen Tee zu trinken und alles zu lieben, was er liebt.

An einem Donnerstagmorgen ist Agnès vorbeigekommen, unter dem Vorwand, einen Topf zurückzubringen. Sie hat mich kurz hier oben besucht und mich verschämt gefragt, ob sie in dem Buch vorkommt. Das Geschrei ihrer Kinder, die in der Küche irgendwelches Glas zerschlagen hatten, hat mich einer Antwort enthoben. Sie hat aufgeseufzt und mir noch rasch zu verstehen gegeben, daß sie so bald wie möglich wiederkommen würde, dann ist sie die Treppe hinuntergerannt.

Ich finde es schön, wie sie alle um das Telefon herumlungern, um den Briefkasten und meine Zimmertür und auf Nachricht vom Kleinen warten. Der Quai d'Orsay ruft nicht mehr an, dafür geht es mit dem Vorwort gut voran. Möglich sogar, daß es länger ausfällt als vorgesehen. Lila, die Tsiganes, Vallon-Fleuri und Monsieur Giraudy auf nur drei Seiten abzuhandeln, geht beim besten Willen nicht.

Wäre noch zu sagen, daß dieser Roman, den Jean-Pierre in der Ich-Form, mit meiner Stimme, schreiben wollte, tatsächlich Gestalt annimmt. Ich habe sogar den Eindruck, der Autor fühlt sich zusehends wohler in meiner Haut.

Die Tage vergehen, einer wie der andere. Die Mahlzeiten sind schmackhaft, ich benutze den Serviettenring von Jean-Pierre, und langsam mache ich mich mit dem Leben vertraut, das er geführt hätte, wenn er hiergeblieben wäre. Der Vater hat mich zu einer Besichtigung der alten Gießerei in Joeuf mitgenommen. Dort wurden im 2. Revolutionsjahr die Kanonenkugeln der Soldaten gegossen, hat er mir erklärt, während er die von Gestrüpp überwucherte, so gut wie nicht mehr zu erkennende Anlage abschritt, wo auch heute noch Reste von Gußstücken herumliegen. Als sich seine Erinnerungen an die nicht mehr vorhandene Fabrik, in der er angefangen hatte, erschöpft hatten, hat er in die wieder eingeebnete Landschaft geblinzelt und gemurrt:

»Das Stahlwerk war's, das Joeuf verschluckt hat, und nicht anders wird's mit Uckange sein.«

Und er ist mit der unglaublichen Geschichte von den Eisenhütten herausgerückt, die von ihren Kunden verschlungen worden sind: Früher wurde das Erz in den Hochöfen zu Gußeisen verarbeitet, mit dem man dann die Stahlwerke belieferte; heute ist es die schrottreife Eisenhütte selbst, die man in elektrische Öfen schiebt, um daraus Stahl zu gewinnen. Moyeuvre, Auboué, Homécourt seien bereits verheizt worden, vor Joeuf und Uckange. Das Jahrhunderte alte Wissen der besten Hochöfenbetreiber Europas, die ihr Gußeisen bis nach Amerika verkauften, habe sich in den vorgezogenen Ruhestand verabschiedet, sei nicht mehr gefragt, ausgemustert. Den

Jungen wie Gérard habe man als Alternative zur Eisenhütte zwei Berufe zur Auswahl vorgeschlagen: Lagerverwalter in der Normandie oder Qualitätskontrolleur in der Konservenfabrik Saupiquet. Das Ganze nenne sich Sozialplan.

Als ehemaliger Gießereimeister bei Lorfonte-Uckange hat es Gérard vorgezogen, eine neue Laufbahn als einfacher Schlosser mit Zeitvertrag in einer anderen Eisenhütte, die auch bereits in den letzten Zügen liegt, einzuschlagen. »Kannst du dir mich vorstellen, wie ich die Größe von Sardinen und die Anzahl der Gräten in Makrelen überprüfe?« Nein, konnte ich nicht. Er hat die Mosel niemals verlassen, niemals versucht, seinen Akzent abzulegen; er ähnelt Jean-Pierre, nur daß er größer ist, stämmiger, einfältiger. Es ist schön, einen Bruder zu haben.

Sonntags, wenn er mit seiner Frau zum Essen kommt, bringt er mir Schachspielen bei. Als Kinder hatten sie sich still beschäftigen müssen, wenn beim Vater Nachtschicht angesagt war und er bis zum Sonnenuntergang nicht gestört werden durfte. Um keinen Lärm zu machen, hatte Jean-Pierre Geschichten geschrieben und Gérard Schach gespielt, mit sich allein. Ob er Weiß oder Schwarz war, entschied das Los. Mal besiegte er sich, mal gab er sich gegen sich selbst geschlagen. Zu zweit, mit mir, wurde die Sache eindeutiger: Er gewann jedesmal.

Wenn er von Jean-Pierre spricht, gerät er ins Schwärmen. Seit dessen Weggang beneidet er ihn. Auch er, wenn es ihm gegeben wäre, sich anderweitig zu orientieren … Aber als dem Älteren stand ihm der Platz des Vaters zu. Die stolze Tradition der Eisenhütte.

»Wenn dir erst mal der Geruch des Ofens vertraut ist, wenn du miterlebst, wie die Gußmasse ausfließt, die Feuerglut auf Armlänge und du wachst darüber, dazu die Sirenen, die dein Leben bestimmen und dir ansagen, wann du dich mit deinen Kumpels triffst – dann stellst du dich auf nichts andres mehr um. Du kannst nicht. Die Stille heute über Uckange hält niemand aus. Es heißt zwar, die Gegend ist weniger grau, seit die Hütte die Umwelt nicht mehr verdreckt, um so grauer sieht's dafür in unseren Herzen aus.«

»Schreib das in dem Buch«, sagt mir sein Freund Guy, der Mann von Agnès, ein Rothaariger, der sich mit Bier zugrunde richtet, seit er sich dem Sozialplan verweigert hat: Lagerist in der Normandie kam für ihn nicht in Frage, genausowenig wie technischer Verwalter eines Einkaufszentrums in Brest, weil das Einfamilienhaus, das er gerade abbezahlt hat, nicht zu verkaufen ist und Agnès eine Stelle im Rathaus hat und die Kinder, wenn sie soweit sind, in der Metzgerei des Schwiegervaters in Thionville in die Lehre gehen sollen … Schreib das in dem Buch, Aziz, bitte. Damit man davon erfährt.

Ich schreibe es.

Irgendwann einmal werde ich Agnès einladen und ihr deine letzten Seiten vorlesen. Sie wird dein Zimmer betreten, sich auf dein Bett setzen, wieder deine Stimme hören. Und es wird ihr leid tun, dich damals, am Tag der mit Gips bekleckerten Croissants, abgewiesen zu haben. Ihr werde ich vielleicht die Wahrheit gestehen. Ich werde sagen, daß du uns verlassen hast, während du sie in deinen Armen gehalten hast und daß ihr Name auf deinen Lippen lag und daß der Tod der Ruine Joeuf gleicht, wo die Geister eigensinnig darauf bestehen, Gußeisen herzustellen.

Irgendwann einmal, wenn du es willst, werden wir mit ihr schlafen.

Angelika Schrobsdorff

JERICHO

Eine Liebesgeschichte

224 Seiten, gebunden

Jericho, älteste Stadt der Welt, Traumgebilde und heißumkämpfter Ort, duftende schwüle Oase inmitten der judäischen Wüste. Angelika Schrobsdorff erzählt von ihrem Jericho, von Liebe und Leidenschaft, von Kummer und Hoffnungslosigkeit, von immer neuen Träumen und von der konkreten Wirklichkeit.

Hoffmann und Campe